Erika Burchard

Alltagsgeschichten
die in keiner Zeitung stehen

Erika Burchard

Alltagsgeschichten

die in keiner Zeitung stehen

2., korrigierte Auflage

Bibliographische Information der Deutschen Nationalbibliothek:
Die Deutsche Nationalbibliothek verzeichnet diese Publikation in der
Deutschen Nationalbibliographie; detaillierte bibliographische Daten
sind im Internet über http://dnb.de abrufbar.

2., korrigierte Auflage August 2016

© 2016 Erika Burchard
Herstellung und Verlag:
BoD – Books on Demand, Norderstedt

ISBN Nr. 978-3-7412-0519-4

Erika Burchard, geboren 1934 in Berlin, erlebte ihre Kindheit da, wo heute Polen ist, ihre Jugend- und Studienjahre in München, London, Frankfurt am Main. Dort heiratete sie und zog aufs Land, wo die Familie mit ihren drei Söhnen deren Kindheit verbrachte. Ihr Berufsleben ist ungefähr in Jahrzehnte eingeteilt: Sie war als Dolmetscherin tätig und schrieb für Zeitungen, war Lehrerin an einer Waldorfschule und an einem Lehrerseminar, zog nach Italien und produzierte Olivenöl, gründete im Schwarzwald eine Hilfsorganisation für afrikanische Frauen und arbeitete in Tansania. Jetzt lebt sie in einem kleinen Dorf in Norddeutschland und buddelt im Garten.

Diese kleine Schrift verdankt ihre Existenz der Ermunterung durch Freunde. Und vor allem: der Textformatierung von Gabriele Fock.
Tausend Dank!

Inhaltsverzeichnis

Winteräpfel............9
Pädagogik............18
Mitfahrzentrale............31
Kultiviert............43
Ich bin eben alt............53
Thailand............59
Schläfer............81
Die Balkonbirke............92
Postüberfall............104
Blau – Rot - Gelb............117
Zaidas letzte Reise............142

Winteräpfel

Herbst 1945. Der Krieg war vorbei.

„Wenn gerade kein Krieg ist, nennt man das Frieden," sagte meine Mutter. Ich, damals noch ein kleiner Junge, hab den Unterschied zwischen beidem noch nicht so deutlich erkannt. Es wurde zwar nicht mehr geschossen, und es fielen auch keine Bomben mehr, aber andererseits gab es auch keine Schokolade und keine Apfelsinen, die nach Aussagen der Erwachsenen zu den untrüglichen Friedenszeichen gehörten.

Bomben und Granaten kannte ich.

Schokolade und Apfelsinen dagegen nicht.

Zusammen mit meiner Mutter war ich auf der Flucht von Osten her in einem kleinen Dorf der Mark Brandenburg hängen geblieben. Als nämlich die russischen Tanks über die Straße ratterten und die Tiefflieger sogar auf Kühe schossen, sahen wir ein, dass hier unser Weg nach Westen beendet war. Das Dorf hieß Keller. Meine Mutter sagte, der Name sei genau richtig für uns, tiefer runter gehe es nicht mehr.

Ich fand das Dorf völlig in Ordnung.

Wir bekamen beim Bürgermeister, der auch nichts weiter als ein Bauer war und nicht einmal eine richtige Amtsstube mit Aktenordnern hatte, einen Quartierschein für den Bauernhof Krasnow. „Hat man erstmal einen Quartierschein," sagte meine Mutter, „müssen sie uns als Flüchtlinge aufnehmen." Das war amtlich. Als die Krasnows uns das Zimmer zeigten, in dem wir von jetzt ab wohnen durften, da war es eine Kammer mit zwei Bettgestellen, einem Tisch, zwei Stühlen und einem Ofen. Sie war unterm Dach Wand an Wand mit der Räucherkammer. Die beiden kleinen Räume bildeten zusammen einen riesigen Würfel im Spitzdach. Neben diesem Kasten blieb rechts und links je ein offener Dreiecksraum unter der Dachschräge übrig. Da war allerlei Gerümpel drin. Meine Mutter verbot mir darin zu wühlen.

Fand ich schade.

Oben auf der Fläche des großen Kastens, also über der Decke unserer Schlafkammer und der Räucherkammer wurden im Herbst die Äpfel eingelagert. Die Bäuerin und ihre beiden Kinder pflegten dann die große Holzleiter aus der Scheune auf den Dachboden zu wuchten, da oben gründlich zu kehren und dann viele Kiepen voll paradiesisch duftender Äpfel auszubreiten. Meist vollbrachten sie aber das Geschäft des Einlagerns, während wir gerade aushäusig waren, zum Pilze- oder Brennholzsuchen im Wald, oder meine Mutter war bei der Feldarbeit und ich in der Schule. Bei der Heimkehr rochen wir natürlich immer sogleich, was geschehen war. Die alten Apfelsorten dufteten stark, der Duft erfüllte den ganzen Dachboden, kroch in unsere Schlafkammer und Gemüter, wo er im Laufe der folgenden Tage bei uns Kartoffel-Essern eine äußerst labile Seelenlage erzeugte.

Vor allem bei mir.

Meine Mutter hatte dagegen einen höheren Grad der Immunität gegen derlei Verlockungen. Mir kam das unstoffliche Gasluftgemisch, das sich ständig verdichtete, geradezu explosiv vor. Es harrte, wenn nicht eines Zündfunkens, so doch irgend eines andersartigen Aufflammens, um bei mir gefährliche Reaktionen hervorzurufen.

Ich war ein begnadeter Obstbaumkletterer. Keine Pflaume, keine Birne – nichts hing für mich zu hoch! Und weil ich wirklich auf jeden Baum raufkam, traf mich umso härter das Schicksal, tatenlos in diesem Apfelgeruch leben zu müssen. Die Lagerfläche widerstand meinen Kletterkünsten. Jeden Abend malte ich mir vor dem Einschlafen aus, wie da oben über mir und für mich unerreichbar diese Äpfel lagen: Goldparmänen, Borgsdorfer und sicher auch meine Lieblinge, die würzigen Bosköppe. Ich grübelte Tag für Tag vergebens darüber nach, wie ich auf die Hochfläche gelangen könnte. Mein Ohnmachtsgefühl verschärfte sich im Winter, als draußen dicker ostdeutscher Schnee lag und es daher draußen auch für die geschicktesten Klettermaxen nichts mehr zu klauen gab.

Die Leitern des Hofes wurden in der Scheune aufbewahrt. Nur ab und zu wurde eine davon auf den Dachboden geschleppt, um Äpfel herabzuholen und die faulen auszulesen. Selbst wenn ich dabei neidisch zuschaute, kamen weder die Bäuerin noch ihre Kinder auf die Idee, mir einen Apfel zu schenken. Nur einmal fiel einer zu Boden und rollte vor unsere Kammertür. Den sollte ich mir nehmen, sagte die Bäuerin, als die Aktion beendet war und die schwere Leiter unter Rufen wie: "Achtung!" und "Halt – mehr links!" und "Pass doch auf!" die schmale Stiege hinunter bugsiert wurde. Aber dieser gleichgültig gewährte Almosen erzeugte in mir statt dankbarer Freude eher satanische Überlegungen: Wie wäre es, wenn wir nachts aus der Scheune die Leiter... Aber meine Mutter schnitt solche Erwägungen harsch ab: „Zu viel Lärm! Nachts braucht man Licht, die Wege sind zu winkelig, die Leiter ist zu lang." Nicht mal ein Versuch kam in Frage. Ich war zwar noch ein Kind, aber die Begründung meiner Mutter leuchtete mir ein, wir konnten uns eine Entdeckung nicht leisten, weil wir abhängig von diesem Hof waren, auf dem wir uns durch Feldarbeit wenigstens die Winterkartoffeln und etwas Getreide verdienen konnten und nicht hungern mussten. Bei diesen pragmatischen Einwänden beließ es meine Mutter. Auf moralische Gesichtspunkte meinte auch sie in diesem Falle verzichten zu können.

Dennoch wuchsen meine infamen Phantasien mit jedem neuen Auftritt der Bäuerin und ihrer Kinder auf dem Dachboden. Zuletzt wurden über uns die ganz späten Birnen ausgelegt. Die waren zum Glück geruchlos. Ich schwöre: Schon eine einzige kleine Schüssel voll geschenkter Äpfel hätte unser Abgleiten in die Wirtschaftskriminalität abwenden können! Diese begann mit der Entdeckung eines rostigen, von Spinnweben eingehüllten Sprungfederrahmens in der Gerümpel-Ecke neben unserer Kammer und bewirkte bei mir eine seelische Explosion - ich war nicht mehr zu halten! Aus Angst, ich könnte zu viel Krach machen, half mir meine Mutter sogar bei der Befreiung dieses Leiter-Ersatzes aus den Jahrhundertsedimenten einer brandenburgischen Bauerndynastie. Staubbedeckt, atemlos und zitternd vor Aufregung zerrte ich an dem schweren Ding. Es war ganz klar, dass es auf zwei Stühle gestellt werden musste, um auch nur einigermaßen als Leiter dienen zu können. Aber auch dann würde noch immer ein guter Kletterer wie ich gebraucht werden, um sich auf die verheißungsvolle Hochfläche zu hangeln.

Meine Mutter schwankte, ohnehin in ihren konventionell ehrbaren Maximen erschüttert, noch immer, ob sie mit ihren Händen hilfreich zupacken oder sie doch lieber in Unschuld waschen sollte. Als ich mich von ihren geflüsterten Einwänden unbeeindruckt zeigte und entschlossen den quietschenden Sprungrahmen an die inzwischen aus dem Zimmer geholten Stühle heranzerrte, entschied sie sich praxisbezogen und griff zu. Im Nu war ich oben bei den Äpfeln und hätte sicher sofort zu schmausen, ja vielleicht auch aus redlichem Pflegetrieb Verfaultes auszulesen begonnen, wenn nicht die beschwörende Flüsterstimme meiner nun doch tapfer Schmiere stehenden Mutter von unten her zur Mäßigung und Eile gemahnt und meinen Triumph mit Nüchternheit gedämpft hätte.

Von da ab waren wir ebenso bescheidene wie stille Teilhaber des winterlichen Obstvorrats. Niemand entdeckte uns. Im Gegenteil kann im Hinblick auf diese mehrere Winter währenden Sünden sogar vermutet werden, dass es einen Schutzengel der Kartoffel-und-Salz-Esser gibt, der genau zu unterscheiden weiß zwischen dem Baum der Erkenntnis und dem Dachboden der Geizigen. Dennoch erwuchs mir eine ebenso unerwartete wie auch höchst peinvolle Strafe für die Räuberei. Nein, nicht die selbstauferlegte Bescheidenheit bei jedem Zugriff war das Problem. Ein Zuviel wäre aufgefallen, und auffallen wollte ich nicht. Auch das Hervorholen und wieder im Staub Verstecken des rostigen Bettrahmens wurde nicht zum notvollen Geschäft.

Einer ganz andersartigen, flammenden, bis aufs Blut quälenden und mich umtreibenden Versuchung galt es in all jenen Wintermonaten immer wieder neu zu widerstehen: Wenn die Bauersleute laut polternd, ächzend und fluchend die schwere und viel zu lange Scheunenleiter über die enge Stiege herauf wuchteten, hätte ich ihnen für mein Leben gern mal feixend meinen genialen Aufbau des Bettrahmens auf zwei Stühlen vorgeführt. Leider musste ich auf diesen unvergleichlich dramatischen Effekt verzichten. Meiner Mutter zuliebe. Die fand die Idee nämlich überhaupt nicht witzig. Dieser Verzicht entzündete in mir – trotz aller erschlichenen Apfellust – immer wieder neu ein Höllenfeuer der Entsagung.

Jedoch - man muss abwarten können im Leben! Meine Stunde kam vierzig Jahre später. Da zeigte ich auf einer Rundreise durch die Mark Brandenburg meinen Söhnen, Schwiegertöchtern und Enkeln das Dorf Keller, das Haus der Krasnows und das kleine Giebelfensterchen der Dachkammer, in der wir drei Jahre lang geschlafen und unsere Pellkartoffeln mit Salz gegessen hatten. Mein Jüngster fotografierte und schlug unter großer Zustimmung aller vor, dass wir reingehen und nachsehen sollten, wer jetzt in dem Haus wohnte. „Und die Dachkammer anschauen," drängten meine Enkel. Und schon war der ganze Tross über den Hof geschritten und hatte am Hintereingang geklopft. Der Hof schien mir früher viel weitflächiger gewesen zu sein, auch die in meiner Erinnerung mächtige Scheune war wohl einer Schrumpfung zum Opfer gefallen.

Der Mann im Unterhemd, der in der Tür stand und uns alle sprachlos musterte, hatte das spitze Kinn und die grünlichen Augen, an denen man die Krasnows erkennen konnte. Er war offenbar der Sohn, der einstmals mit Mutter und Schwester den Apfel-Schatz über unsern Köpfen eingelagert hatte. Nicht dass er mich sofort erkannte: zu viele Flüchtlinge hatten mal eine Zeitlang in diesem Haus gelebt. Aber schließlich erinnerte er sich doch und sein Gesicht zeigte ein sparsam brandenburgisches Lächeln. Und er war sogar bereit, mit uns die Dachstiege hinauf zu steigen. Dort oben war alles wie früher. Nur die Höhe der Fläche über Schlaf- und Räucherkammer erschien mir auch heute noch beträchtlich. Mehr als drei Meter, taxierte ich und bedauerte, dass meine Mutter diesen Moment nicht mehr erlebte.

Aber jetzt musste ich mich nicht mehr zurückhalten, und ich fragte, ob da oben immer noch die Winteräpfel gelagert werden. „Nö, schon lange nicht mehr," sagte der Mann, dem ich vor Jahrzehnten bei den Schularbeiten geholfen und dafür öfter mal einen halben Liter Milch erhalten hatte. „Die Äppel ha´m wa jetzt inner Remise, hier oben jibt´s Mäuse. Det Obst is nich mehr sicher da oben."

Das war mein Stichwort!

„Damals war es aber auch nicht sicher", sagte ich und verriet meine Raubzüge.

„Da ob´n ruff?" Der Bauer schaute hoch und schüttelte ungläubig den Kopf. „Det hätten wa doch merken müssen..."

Aber dann erschien wieder das matte Lächeln in seinen Augen. Und er wurde gesprächig. Über die DDR-Jahre redete er, in denen das Dorf nur knapp an der Zusammenlegung zu einer LPG vorbeigekommen war. Die Überforderung der staatlichen Ablieferungsverordnung, die jährlichen Unsicherheiten, ob der Hof sein Abgabe-Soll auch ja erfüllen konnte. Der frühe Tod des gebrochen aus der Kriegsgefangenschaft zurückgekehrten Vaters. Die Mutter, die den Hof weiterhin allein durchbringen musste.

Auf einmal hatte die Geschichte vom Äppelklauen ihren ganzen Witz verloren.

Pädagogik

Peterchen war um seine Mutter immer wieder herumgestrichen, hatte geschwärmt, gebettelt, bestürmt. Als Gegenleistung hatte er die üblichen Versprechen abgegeben. Kinder können das Blaue vom Himmel runterholen, wenn sie einen Wunsch durchsetzen wollen.

Und dann kam endlich der Sieg!

Mama kaufte ihm einen goldenen Käfig mit dem ersehnten grünblaugelben Vogel darin. Auf Peters Drängen hin wurde auch große Sorgfalt auf die Einrichtung verwendet. Sitzstangen, Futternapf und Badehäuschen waren selbstverständlich. Daneben musste aber noch ein Glöckchen her und ein zierlicher Spiegel. Nicht der glatte viereckige. Lieber der ovale mit dem Glitzerrand.

So ein Vogel, der demnächst das Sprechen lernen wird, darf schließlich auch ein gehobenes Outfit erwarten.

In der Tierhandlung wurde versichert, er sei von der Gattung, die man leicht zum Sprechen bringe. Nur immer deutlich vorsprechen! Und: Geduld, Geduld! Man müsse viel Geduld für Wiederholungen haben. Nur in ganz seltenen Ausnahmefällen bleibe auch mal ein schnelles Wort hängen, sagte die Verkäuferin, meist müsse man mit ständiger Wiederholung arbeiten, um den Vogel zum Sprechen zu bringen.

„Wie soll er denn heißen?" fragte sie den Jungen, während sie den Kassenbon ausdruckte. Da musste der Peter nicht lange nachdenken: Hansi wollte er ihn nennen.

Peter begann sogleich mit der Dressur. Gleich nach der Schule hockte er sich vor den Käfig und sprach vor. Ganze Gedichte, und zwar die schönsten, die er in der Schule gelernt hatte. Er hatte nämlich einen Deutschlehrer, der seine Schüler klassische Dichtung lernen und nicht nur Multiple Choice Fragen ankreuzen ließ. Hansi saß während dieser Darbietungen still auf der obersten Stange, rückte aber ganz an ihr Ende, wenn Peter dramatische Szenen ganz nah am Käfig aufsagte. In einer Ballade reitet ein Vater durch Nacht und Wind mit seinem kranken Kind im Arm. In einer anderen kommt ein Edelmann vom Königsmahle in den Park sich zu bewegen – und wird überfallen. In einer weiteren Geschichte begleitet bei heftigem Regen ein Kapuzinermönch einen Sünder zum Galgen. An zwei Nachmittagen sprach Peter dem Hansi vor. Deutlich und geduldig. Und immer wieder. Manchmal, wenn das Tier gar so dümmlich auf der Stange saß, zwängte Peter seinen Zeigefinger durch die Gitterstäbe, oder er wedelte mit einem Salatblatt. Es half aber alles nichts: Der Vogel saß nur da und schwieg.

„Der ist ja blöde!" stellte Peter am dritten Tag fest und kehrte dem Tierchen den Rücken. Seiner Mutter, die ihn ermahnte, dass hier wohl noch viel mehr Geduld erforderlich sei, entgegnete Peter entschieden: „Schau doch mal, wie doof der schon guckt! Wie der Hallmeyer Egon in Mathe. Der kapiert das nicht. Hansi kapiert das auch nicht, da kann man nichts machen. Beim Hallmeyer Egon kann man auch nichts machen."

Selbstverständlich entband diese Situation den Peter von all seinen himmelblauen Versprechungen hinsichtlich Hansis Pflege. Das musste die Mutter schließlich einsehen: Peter wäre ja bereit gewesen, bei einem Vogel mit einer einigermaßen guten Intelligenz die Streu zu wechseln und für frisches Wasser zu sorgen. Aber so hatten sie ja nicht gewettet – es hätte ein sprachfähiger Vogel sein sollen, nicht so ein Versager. Leider konnte man Hansi auch nicht mehr zurück in die Tierhandlung bringen. Der Hansi war nach drei Tagen ein gebrauchter Artikel geworden, und Gebrauchtes wird bekanntlich nicht zurückgenommen.

Also übernahm die Mama von nun an das Geschäft des Fütterns und Säuberns, wobei sie öfter über den pädagogischen Sinn der Empfehlung nachdachte, man solle Kinder zusammen mit Tieren aufwachsen lassen. Angeblich erhöhe das die soziale Kompetenz. Aber vielleicht, dachte sie, gehören Füttern und Käfigputzen gar nicht zur sozialen Kompetenz?

Für den Papa war der Fall allerdings noch lange nicht abgeschlossen. In Erziehungsfragen hatte er sich selber schon immer für den konsequenteren Elternteil gehalten. Ohne Murren und Knurren verzichtete er heute Abend auf die Tagesschau, setzte sich zuversichtlich und demonstrativ vor den Käfig und sprach dem – wie er behauptete – aufmerksam lauschenden Tier schön deutlich immer die gleichen Worte vor:

„Einen schön guten Tag" und „Hallo Peter."
Der Papa ließ an diesem Abend auch noch den Tatort sausen. Man muss den Kindern schließlich Opferbereitschaft vorleben, und sie lernen am besten durch das Vorbild ihrer Eltern. Deshalb müssen Eltern auch dann vorbildlich sein, wenn es – wie in

diesem Fall – um einen beträchtlichen Verzicht geht. Es fiel dem Papa nicht gerade leicht, auch an den nächsten Abenden am Käfig statt vor dem Fernseher zu sitzen. Aber die Sache war eben wichtig, es ging um den Beweis von Durchhaltevermögen, einer großen Tugend.

Die Mama hätte ihm natürlich die Sache sehr erleichtern können damit, dass sie sich ihre ständigen skeptischen Bemerkungen verkniffen hätte. Wenn sie schon Zweifel hatte, dass Hansi das Reden lernen würde, so sollte sie das gefälligst nicht auch noch ständig laut sagen. Wenigstens nicht in Peters Gegenwart. Dadurch wurde es für den Papa zu einer echten Herausforderung, dem Jungen trotzdem zu zeigen, wie im Leben allein Beharrlichkeit zum Ziel führt. Ihm schwante schon, dass seine pädagogischen Bemühungen zum Verlust weiterer TV-Krimis und Talkshows führen würden. Zwar hatte man am Abend nach einem harten Berufsalltag ein Recht auf Entspannung. Jedoch hatte er A gesagt und musste nun auch B sagen. In Wirklichkeit sagte er aber weder A noch B, sondern immer wieder: „Hallo Peter" und „Einen schön guten Tag."

Manchmal fügte er ärgerlich hinzu: „Glotz nicht so dämlich!" Er sagte es sehr leise, denn es gehörte natürlich nicht zum Lehrtext, sondern diente dem Papa nur als Ventil für seine Enttäuschung und Verärgerung. Er musste aber durchhalten, um nicht sein Gesicht als konsequentes Familienoberhaupt zu verlieren. Wobei nicht ganz klar war, an wen genau sich seine Demonstration richtete: an seinen Sohnemann oder doch eher an dessen – wie Papa ganz klar beurteilte – in pädagogischer Hinsicht etwas schwache Mutter.

Also ging es weiter mit „Einen schön guten Tag" und „Hallo Peter". Der Papa sprach dem verstockten Hansi diese beiden Sätze so lange vor, bis Langmut und väterlicher Missionseifer allmählich ihre Frische verloren. Verließ dann zu allem Übel dazu der Peter auch noch den Ort des Geschehens frühzeitig, um ins Bett zu gehen oder – viel schlimmer – um oben in seinem Zimmer am Computer rumzuspielen, begann am Papa ernsthaft der Zweifel zu nagen, ob das alles noch sinnvoll sei. Der Verzicht auf seinen Feierabend lief offensichtlich ins Leere, der Vogel saß nur stumm und wie hypnotisiert in seinem Käfig und gab keinen Laut von sich.

Jedoch kurz vor dem Aufgeben befeuerte den Papa eine Bemerkung seiner Gattin noch einmal.

„Ich hätte dir soviel Geduld gar nicht zugetraut!" sagte sie lobend.

Das gab dem Papa die Kraft, diesen Abend doch weiterzumachen und wiederum auf die Late Night Show zu verzichten. Wer hätte dem Papa auch verdenken können, dass seinen Lippen, als er schließlich aufgab und den Abbruch der vergeblichen Dressur beschloss, angesichts dieses völlig gleichgültigen

Vogels ein starkes Unmutswort entfloh. Ein sehr starkes! Das kommt zwar auch in Goethes Werken mal vor, gilt aber dennoch als unschicklich:

„Ihr könnt mich alle mal..." brüllte der Papa das dumme Tier, die Mama und ihren verzogenen Sohn an. Hansi duckte sich wie nach einem Peitschenknall und hüpfte auf eine der unteren Sitzstangen. Aber schon kurz danach zeigte er sich wieder völlig gleichmütig. Ganz offensichtlich handelte es sich hier tatsächlich um ein allzu begriffsstutziges Federvieh. Der Papa kehrte zu seinen Tatort-Sendungen zurück.

Solchermaßen in Ruhe gelassen, fing Hansi an, kleine Gurr- und Pfeiflaute von sich zu geben. Sie schwollen sogar manchmal zu gesangähnlichen Tonkaskaden an. Aber niemand achtete darauf. Der Vogel hatte ausgespielt in diesem Hause, mochte er doch pfeifen, wie er wollte. Natürlich bekam er weiterhin von der Mama seine frische Streu, Wasser und Futter. Auch das Glöckchen und den Spiegel mit Glitzerrand durfte er unverdientermaßen behalten. Am Abend deckte die Mama ein Tuch über den Käfig, womit dem Piepen, Pfeifen und Glöckchen-Schütteln ein Ende bereitet wurde und der abendliche TV-Friede einkehren konnte.

Unangenehm war dann freilich, die Großeltern vor den Sommerferien bitten zu müssen, Hansi für die Dauer einer Urlaubsreise Asyl zu gewähren. Der Großvater, der niemand außer seine Frau direkt anzusprechen pflegte, sagte, als das Peterlein mit dem Vogelbauer als Bittsteller vor ihm stand:

„Hör zu, Frau, sag dem Buben, ein Tier kaufen und es dann irgendwo abgeben – sowas tut man nicht." Mürrisch rückte er bei diesen Worten auf seinem spiegelblanken Schädel das Käppchen zurecht, das eigentlich gar keine Kappe, sondern der krempenlose Rumpf eines zerschnittenen Lodenhutes war. Peters Mama, die schon vorher gewusst hatte, dass sich ihr alter Vater nicht gerade leutselig zeigen würde, griff werbend ein:

„Peter gibt den Hansi ja nicht irgendwo ab, Vater, sondern bei dir."
Das klang nach ehrenvoller Ausnahme und großem Vertrauen.

„Ist ja auch nur für drei Wochen," beschwichtigte nun auch die Großmutter, und weil der Alte darauf nichts mehr einwendete, sondern nur mit gerunzelter Stirn über den Brillenrand hinweg den Vogel musterte, stellte Peter den Käfig sachte ab und betrachtete die Sache als erledigt.

Die Ferien waren bald vorüber, das haben Ferien so an sich. Diesmal begleitete der Papa den Peter zu den Großeltern, um den Vogel heimzuholen. In der Küche hatte die Großmutter gerade die dampfende Suppe aufgetischt.

„Hör zu, Frau," sagte der Großvater und pustete mehrmals auf den ersten Löffel Suppe, „frag meinen Schwiegersohn, was Vogel und Käfig gekostet haben."

Der Papa war überrascht, hob kurz seine Schultern und sagte wahrheitsgemäß: „Das weiß ich nicht mehr."

„Aber ich," sagte der Peter, „wir haben für alles zusammen achtundvierzig Euro fünfzig bezahlt."

Der Großvater nickte und pustete auf den nächsten Löffel Suppe, führte ihn gemächlich zum Munde, und nachdem er ihn vorsichtig geschlürft hatte, sprach er zur Großmutter:

„Sei so gut, Frau, geh und hol einen Fünfziger aus der Schatulle!"

Die Großmutter schaute prüfend auf den verblüfft schweigenden Schwiegersohn und machte eine hilflose Geste, als wollte sie sagen: Da hört ihr, was der Großvater beschlossen hat. Langsam wendete sie sich um, entnahm dem kunstvoll mit Intarsien furnierten Vertiko ein Lederkästchen und nestelte aus ihm einen etwas verknitterten Fünfzig-Euro-Schein hervor. Bevor sie den dem Großvater reichte, hielt sie kurz inne und suchte im Gesicht ihres Enkels nach Anzeichen von Betroffenheit. Der aber sah keineswegs gekränkt drein – im Gegenteil! Mochte der Großvater doch den dämlichen Vogel behalten, dachte der Junge, und die Großmutter deutete seinen Gesichtsausdruck auch entsprechend, so dass ihre Bedenken verflogen.

Der Großvater legte den Suppenlöffel nieder und nahm den Geldschein in beide Hände. Er zog ihn einige Male zum Glätten über der Tischkante hin und her, dann schob er ihn hinüber zu seinem Schwiegersohn. Der trat herzu, um den Schein an sich zu nehmen.

Völlig unklar war, ob und wenn ja, wer jetzt wem danken musste. Daher traten Papa und Sohn den Heimweg ohne Vogel, aber auch ohne irgendwelche Dankesfloskeln an. Die beiden Alten bemerkten, dass die Suppe nun soweit abgekühlt war, dass man nicht mehr pusten musste.

„Gel, da schaust, Hansi!" sagte der Alte und lächelte dem Vogel zu, der mit zur Seite geneigtem Köpfchen mal zu ihm und dann wieder zur Großmutter hinüber lugte und einen Freudensprung ins Badehäuschen tat, wo er lustvoll mit den Flügeln schlug und plantschte. -

Im Dezember hatte der Großvater seinen achtzigsten Geburtstag. Das war ein Anlass für ein Familientreffen mit Kaffee und Kuchen an einer langen Tafel, an der nicht nur Söhne, Schwiegertöchter und zwölf Enkel des Patriarchen versammelt waren, sondern auch die Nachbarn und der Bürgermeister. Etwas später kam auch Hochwürden, der Gemeindepfarrer, dazu und wurde von allen rundum sehr respektvoll begrüßt.

Genau in diesem Augenblick ließ sich eine schrille Kinderstimme hören: „Du Spitzbube!" ertönte es und nochmal in die peinliche Stille hinein: „Du Spitzbube!" Die Tischgesellschaft erstarrte. Aller Augen kreisten um die Tafel und suchten den unzüchtigen Schreihals, der solchermaßen verriet, was seine Eltern in Wahrheit von der hochverehrten Geistlichkeit hielten. Als dann die freche Stimme noch ein energisches „Gottverdammich" draufsetzte, schob der Großvater zufrieden sein Käppchen auf den Hinterkopf und sagte zur Großmutter:

„Hör zu, Frau, lass den Herrn Pfarrer dort drüben neben dem Käfig hinsitzen. Der Hansi red´t gar zu gern mit ihm."

Aber Hansi redete nicht nur mit dem Pfarrer:

„Hallo Peter," schrie er aus Leibeskräften und hüpfte von Stange zu Stange, „einen schön guten Tag."

Alle hatten zu essen aufgehört und staunten. Der Pfarrer nahm auf dem Stuhl neben dem Käfig Platz und betrachtete den Vogel.

„Glotz nicht so dämlich," schrie der. Zum Glück sah er dabei niemanden an. Und als ob er die Stille der Verblüffung genießen würde, schleuderte er eine gut verständliche Aufforderung in die ihm staunend zugewandten Gesichter:

„Ihr könnt mich doch alle mal... " krähte er und zögerte nicht, auch den bekanntlich sehr unanständigen Teil dieses Satzes deutlich zu machen.

Es klang wie Frohlocken.

Die Mama erkannte erst jetzt ihren Denkfehler in dieser ganzen Angelegenheit: Nicht die Kinder sind es, die vom Zusammenleben mit Tieren soziale

Kompetenz erwerben. Es geht dabei überhaupt nicht um die Kinder, es geht um die Tiere! Das konnte man hier ja sehen. Hansi hatte sich beim Opa sehr zu seinem Vorteil verändert. Er war dialogfähig geworden und zeigte nicht einmal Scheu vor dem Pfarrer oder dem Bürgermeister.

Echte soziale Kompetenz also.

Mitfahrzentrale

„Pfingsten naht, das liebliche Fest" dichtete einst Goethe.

Aber für mich naht Pfingsten in diesem Jahr zunächst ganz ohne Poesie mit der Organisation einer Reise nach Südspanien, wo meine Eltern reiche Freunde haben. Villa mit Pool. Golfplatz gleich nebenan. Was diese Freunde mir besonders sympathisch macht: Sie haben mich freundlich zu sich eingeladen.

Also auf nach Malaga! Aber wie? Fliegen wäre bequem, geht aber nicht: ich ärgere mich ständig über den grauen Kerosinschleier, den wir öfter mal vom Glasvordach entfernen müssen, weil unser Haus je nach Windrichtung manchmal in der Flugschneise startender Jets liegt. Soll ich mich unter solchen Umständen selbst dieser fliegenden Ölteppiche bedienen? Wäre doch ein Widerspruch!

Ich bin ein konsequenter Mensch. Selbstverständlich werde ich daher mit der Bahn fahren. Das braucht zwar Zeit, aber man sieht auch sehr viel - den deutschen Südwesten, die Schweiz, Frankreich, Spanien. Die wechselnden Landschaften werden an mir vorüberfliegen, ich werde mich zurücklehnen und sie mit Muße und einer Tasse Kaffee in der Hand betrachten. Früh buchen werde ich und mir einen Fensterplatz sichern. Lieber keinen Liegewagen, ich will ja was sehen. Und schlafen kann ich auch im Sitzen. Meine Buchung mache ich nicht per Computer, denn ich habe gar keinen. All das elektronische Zeug brauche ich nicht.

Ich gehe zum Bahnhof. Der Schalterbeamte ist dann auch sehr nett und so ehrlich, dass er fast in die peinliche Lage kommt, mir von der Bahnfahrt abzuraten. Die Höhe des Gesamtpreises von 530 Euro haut mich fast um. Außerdem ist ein Zwischenstopp an der französisch-spanischen Grenze nötig. Denn so innig hat sich das vereinte Europa doch noch nicht vermählt, dass seine Eisenbahnen bereits gleiche Spurbreiten hätten. An der Grenze bedeutet das Umsteigen in das nationale Schienenformat der Nachbarn und, wenn man Pech hat, sogar einen längeren Aufenthalt. Und das für viel Geld! Obwohl ich willens bin, dem Umweltschutz persönliche Opfer zu bringen, scheidet die Bahnfahrt nun doch leider aus.

Und wie sähe denn alternativ eine Fahrt mit meinem alten katalysierten Peugeot aus? Was den

Umweltschutz angeht, meine ich. Gewiss – die Fahrt wär lang. Aber ich würde viel erleben unterwegs. Und: ich könnte weitere Spanienreisende mitnehmen, das würde meiner Geldbörse genau so gut tun wie dem Umweltschutz. Wer mit mir fährt, bläst keine eigenen Stickoxyde in die Welt! Und mein Peugeot stößt nur einen Fingerhut voll CO_2 aus.

Ich brauche also eine Mitfahrervermittlung. Natürlich weiß ich, dass man auch dies online regeln kann. Aber ich hab´s eben gern persönlich von Mensch zu Mensch, und im Städtchen gibt es eine kleine Mitfahr-Agentur. Man sagt ihr nach, sie sei etwas altmodisch – also genau das Richtige für mich. Ich schwing mich aufs Fahrrad und fahr hin. Da sitzen drei Damen an drei Schreibtischen. Hinter ihnen an der Wand hängt ein Plakat: In dessen Mitte ein Riesenbaum mit dickem Stamm, weit verzweigt und dicht belaubt. Im Hintergrund des Bildes eine Straße, auf der Autos fahren. Für mich ist das ein mythologisches Bild - der große Baum ist die Weltenesche Yggdrasil, und die drei Frauen an ihren Schreibtischen sind die drei sagenhaften Nornen, die an Yggdrasils Wurzeln sitzen und die Schicksalsfäden spinnen. Eine von ihnen lächelt mich auffordernd an, ich darf mich zu ihr setzen. Obwohl ich es romantisch gefunden hätte, wenn sie eine Spindel in der Hand gehalten hätte statt der Computermaus, ist mir natürlich klar, dass moderne Nornen ihre Schicksalsfäden nicht mehr ohne technische Hilfsmittel spinnen. „Was kann ich für Sie tun?" fragt sie und streicht sich ein graue Haarsträhne aus der Stirn. Auch das passt: Nornen sind uralt.

Ich erzähle – vielleicht ein wenig zu ausführlich – von meinen Erwägungen, mit dem Auto nach Südspanien zu fahren. Noch während ich spreche, klackert sie nervös auf ihrer Tastatur. Ob die mythischen Nornen einst auch manchmal nervös wurden?

„Wann fahren Sie?"

„Das ist noch offen," sage ich, „irgendwann demnächst, Ende Februar oder Anfang, Mitte März. Ich könnte mich mit etwaigen Mitfahrern schon frühzeitig verabreden und ihre Wünsche berücksichtigen."

Das ist der Dame wohl zu ungenau. Sie unterbricht, indem sie eine Frage abschießt: „Bitte Ihren Namen und die Anschrift."

Ich gebe ihr Auskunft, sie tippt alles in den PC. Bei „Straße?" fühle ich mich etwas beschämt zugeben zu müssen, dass mein liebes Pfälzer Heimatdorf keine Straßennamen vorzuweisen hat. Nur Hausnummern. Das ist das erste Mal, dass mir dieser Umstand als Mangel auffällt. Bisher hatte ich immer nur einen ganz anderen Mangel bedauert: den an Milchkühen. Kein Bauer in unserm Dorf hat noch welche.

Die Dame schaut unzufrieden auf ihren Bildschirm. „Ich krieg hier eine Fehlermeldung, wenn die Straßenangabe fehlt." Da bin ich nun ganz ratlos und fast ein wenig niedergeschlagen. Was stellen sich da plötzlich für Makel meiner Personalien heraus - mein Dorf ist nicht Computer-fähig! Aber da knattert es drüben schon wieder, und die Dame lächelt: „Ich habe bei Straße XY eingegeben."

Das finde ich schlau. Offenbar lassen sich auch Computer hinters Licht führen.

„Was ist der Zielort der Strecke, für die Sie einen Mitfahrer suchen?" Ich nenne Malaga und erwähne meine Bereitschaft, auch kleine Umwege in Kauf nehmen zu wollen, wenn ich den oder die Mitfahrer damit genau da hinbringen kann, wo sie hinwollen. „Kleiner Kundendienst," sage ich, bemerke aber, dass die Dame nicht willens ist, mein Angebot in die Tasten zu klickern.

„Ich brauche aber ein präzises Datum, wann Sie abfahren," sagt die Norne.

„Das sagte ich Ihnen doch schon: in der Zeit zwischen Ende Februar und Ende März. Ich bin zeitlich absolut flexibel und kann bei Verabredungen Rücksicht auf die Wünsche meiner Fahrgäste nehmen."

„So geht das leider nicht," sagt die Mitfahr-Norne streng.

Eigentlich halte ich meinen Vorschlag für eine ausgesprochen vermittlungsfreundliche Voraussetzung. Aber die Dame macht ein Gesicht, als habe sie wieder eine Fehlermeldung bekommen. Daher sage ich kühn:
„Schreiben Sie einfach: Abfahrt am 5. März um 8 Uhr morgens" und denke mir, dass sich das dann schon mit den Mitfahrern vereinbaren lässt, egal, was die Norne da in den Computer schreibt.

Sie nickt und klickert.
Da naht aber schon die nächste Präzisierungsforderung: „Welcher Treffpunkt? Wo soll der Mitfahrer zusteigen?"

Hier nun sehe ich endlich eine kleine Chance, meinen persönlichen Realismus dem Kästchendenken des Computers entgegenzustellen:

„Dazu müsste ich doch erstmal wissen, wo dieser Mitfahrer wohnt. Ich könnte ihn zum Beispiel zu Hause abholen."

Die Dame schaut mich einen Moment nachdenklich an, und bevor sie noch etwas sagen kann, stoße ich energisch in diese Pause hinein und frage:

„Gibt es denn überhaupt irgendwelche Interessenten für meine Reiseroute?"

Die Dame tut ein paar Griffe am PC, ich höre einen Piepton. Dann betrachtet sie ihren Bildschirm intensiv.

„Also – ja, da ist vielleicht jemand für Spanien, wohnhaft in Lobsheim."

„Na, prima! Gar nicht weit von mir. Wie heißt er denn?"

„Hier steht nur Roberto..." sagt sie und schaut nicht vom Bildschirm auf. Ich denke: Wo bleibt denn da die Gleichberechtigung? Bei Männern genügt offenbar der bloße Vorname, um den Computer beflissen zu machen, während bei Frauen, also bei mir, sogar auf die Hausnummer nicht verzichtet werden kann. Bevor ich noch diese – zugegeben empörten und feministischen – Erwägungen äußern kann, höre ich die Norne nachdenklich zu ihrem Bildschirm sagen:

„Das könnte passen: dieser Bewerber möchte zwischen dem ersten und dem fünften März nach Spanien mitgenommen werden."

Das berührt mich angenehm. Da existiert also tatsächlich ein richtiger Mensch, der mit mir fahren will. Ein Mensch mit Namen Roberto und ganz ohne Fehlermeldung, wie es scheint. Ich erwärme mich richtig an dieser Vorstellung und sage:

„Das ist schön! Es ist ja auch noch viel Zeit, dass wir persönlichen Kontakt aufnehmen können und..."

Die Norne unterbricht mich so kühl, wie es sich für eine Figur der mythischen Vorzeit gehört: „Zuerst müssen wir Ihre Daten fertig eingeben," sagt sie, „Ihren Abfahrtsort bitte?"

Ich winde mich und wage kaum, noch einmal meine flexiblen Vorstellungen anzubieten. Meinen ganzen Charme lege ich in meine Stimme und stelle eine Gegenfrage:

„Könnte ich mich nicht auf irgendeine Art mit diesem Roberto bekannt machen, bevor wir seine Mitreise verabreden?"

Nein, werde ich beschieden. Erstens hätte ich den Vertrag ja noch gar nicht unterschrieben. Zweitens liege von diesem Roberto bisher nur eine Mail-Anfrage vor. Und drittens sei das Vermittlungsbüro an die Vorschriften des Datenschutzes gebunden, das heißt: erst wenn es konkrete Ergebnisse und

Absichten gebe, würden beide Seiten mit einander bekannt gemacht und die Adressen weitergegeben.

Man soll ja nie damit aufhören, an die menschliche Vernunft zu appellieren. Deshalb werbe ich nochmals für meinen Standpunkt:

„Verstehen Sie doch, die Reise ist sehr lang, über zweitausend Kilometer. Ich möchte den Mann doch wenigstens mal vorher am Telefon gehört oder besser noch: gesehen haben, damit ich weiß, ob ich ihn überhaupt so lange Zeit auf dem Beifahrersitz haben will. Das muss sich doch machen lassen. Verstehen Sie das nicht? Sie sind doch auch eine Frau!"

Aber Nornen sind wohl keine richtigen Frauen. Etwas spitz sagt sie: „Wir können ja auch vermerken, dass Sie nur weibliche Mitfahrer haben wollen."

„MitfahrerINNEN," korrigiere ich bissig, „weibliche Mitfahrer gibt es nicht. Das muss Mitfahrerinnen heißen."

„Wollen wir nun den Vertrag fertigmachen oder nicht?" fragt sie mit kaltem Augenglitzern.

„Gäbe es denn für diese Strecke einen weiblichen – äh, also eine Mitfahrerin?" frage ich dagegen.

„Nein," sagt sie klipp und klar.

„Na also," sage ich, „dann sollten wir diesen Roberto schnellstens kontaktieren."

„Sie wollen also den Vertrag fertigmachen?"

„Dagegen habe ich ja nichts, ich unterschreibe ihn auch. Aber das löst mein Problem nicht, denn ich möchte diesen Mann kennen lernen, bevor ich mich entscheide, ob ich ihn mitnehme. Schicken Sie ihm doch einfach eine Mail mit meiner Telefonnummer! Oder geben Sie mir seine Anschrift, dann schreib ich ihm oder fahr hin."

Aber sie bleibt dabei – so gehe das nicht. Und ich fange an zu verzagen. Tausend Zweifel stürmen auf mich ein: Hier regiert ja der Computer! Von wegen persönliche Beratung! Aber meine Eltern hatten mich gewarnt, dieser Laden gelte als etwas unbeholfen. Aber will ich mich wirklich mit jemand tagelang ins Auto setzen, der sich womöglich als nicht vertrauenswürdig oder als total unsympathisch rausstellt?

„Okay, dann nehme ich Sie also raus aus unserm Angebot," sagt die Norne und kappt den angesponnenen Faden zu diesem Roberto.

Ade, Roberto aus Lobsheim! Ich trauere um dich, und du weißt es nicht mal. Vielleicht bist du ein netter, bargeldloser Junge, mit dem die lange Fahrt ein Vergnügen gewesen wäre. Oder ein braver Familienvater, der über Ostern heim zu seiner Familie nach Spanien fährt. Wir hätten ein wenig Spanisch geübt, und ich hätte ihn und seinen brüchigen Koffer irgendwo bei Granada ausgeladen und dabei seine vielen Kinder kennen gelernt...

Ich bin traurig nach Hause gefahren. Seit die Nornen mit Computern arbeiten, werfen sie keinen Blick mehr in das menschliche Herz.

Als ich daheim dann die Telefon-Nummer der easy-flight Fluggesellschaft wähle, werde ich gezwungen, in der Warteschleife die „Kleine Nachtmusik" in schrecklich blechernen Tönen anzuhören, die den begabten Mozart gewiss zum Stöhnen und Rotieren in seinem anonymen Massengrab bringen würden. Ich muss leider länger warten und schaue, um mich abzulenken, zu unserm Glasdach hinauf. Wie immer haben Staub und Kerosinabgase sich da oben in einem öligen Grauschleier niedergeschlagen. Das Glas ist trüb geworden. Es muss demnächst wieder mal heiß gereinigt werden. Diese Arbeit trifft immer mich, weil ich da oben besser raufkomme als meine Eltern. Und es wird auch in Zukunft immer wieder mich treffen, denn das Glas wird wieder und wieder verdrecken – selbst dann, wenn ich zu Fuß nach Malaga laufen würde. Meine persönliche Umweltschonung ist lächerlich, solange die anderen Leute nicht mitziehen. Die sitzen dann bequem im Flieger und schauen lachend auf mich runter, wie ich verbissen die Umwelt schone und mit Rucksack und Wanderstiefeln nach Malaga unterwegs bin.

Plötzlich brechen in der Leitung die verschandelten Töne ab. „Hier ist Easyflight Frankfurt, guten Tag, was kann ich für Sie tun?" tönt es aus dem Hörer.

„Guten Tag. Verbinden Sie mich bitte mit der Flugbuchung," sage ich, nunmehr völlig skrupellos geworden.

Zum Teufel mit der Konsequenz!

Kultiviert

Seit zwei Jahren kannten sich die Beiden. Ella hatte ihn auch schon bei ihren Eltern vorgestellt. Nicht nur vorgestellt – Konrad hatte bereits mehrmals einige Ferientage mit Ella in ihrem Elternhaus verbracht.

„Das scheint was Ernsteres zu werden," stellte Ellas Mutter fest, als sie und ihr Mann die beiden jungen Leute dabei beobachteten, wie sie Hand in Hand auf den Kahn zuliefen, er ihr ritterlich beim Einsteigen half und die Ruder ergriff.

„Mir kommt das eher heiter als ernst vor," scherzte Ellas Vater.

„Du weißt schon, wie ich das meine," sagte seine Frau.

Auf der Rückfahrt nach Frankfurt, wo Konrad als Lehrer am Gutenberg-Gymnasium arbeitete und Ella an der Uniklinik die letzte Famulatur ihres Medizinstudiums machte, sagte Konrad, bevor er Ella vor ihrer Wohnung zum Abschied küsste:

„Meinst du nicht, es wäre jetzt endlich an der Zeit, dass auch meine Eltern dich kennen lernen?"

„Ja freilich," sagte sie, „gern. Hamburg ist halt ein bissel weit, das müssen wir planen. Du kommst doch morgen zu mir zum Essen, oder? Dann können wir ja mal unsere Termine checken."

Ella hatte wie immer den Tisch schön gedeckt. Auch in ihrer kleinen Studentenbude im Hochhaus trieb sie ein wenig Kult damit, ganz im Stil ihrer anerzogenen Tischgewohnheiten: Kerzchen, Blümchen und Manieren.

Natürlich benutzte sie hier keine opulenten Damastservietten wie ihre Mutter im Haus am See. Aber für die Devise „schnell ein Brot im Stehen" hatte sie nichts übrig, und Konrad schätzte ihre Fähigkeit, jedem noch so kleinen Imbiss einen künstlerischen Kick zu geben. Immer wieder bewunderte er, auf wie viele verschiedene Arten sie Papierservietten falten konnte, und wie sich unter ihren Händen Radieschen in kleine Blüten verwandelten und nie ein Zweiglein Petersilie als Dekoration fehlte. Ja, eine Frau wie Ella konnte man beruhigt heiraten! Sie würde das gemeinsame Heim stilvoll gestalten und ihre zukünftigen Kinder kultiviert erziehen. Darin hatten ihn auch seine Besuche in Ellas gediegenem Elternhaus bestärkt.

Bei diesem Abendessen einigten sie sich also auf den Termin für einen ersten Besuch in Hamburg. Gleich nach ihrem Examen und unbedingt noch bevor sie ihr Jahr als „Arzt im Praktikum" beginnen würde.

Im Herbst war es dann soweit, sie fuhren nach Hamburg. Konrads Eltern bereiteten Ella einen sehr herzlichen Empfang. Seine Mutter umarmte ihre zukünftige Schwiegertochter bei der Begrüßung freudig, und das war so schlicht und warmherzig, dass Ella sich sofort zu Hause fühlte. Ihr Eindruck war der, dass hier alles unkompliziert und fröhlich ablief. Selbst die Porzellanfigürchen und die Schiffsmodelle, die überall als Zierrat standen, störten sie nicht – sie passten zur bunten und etwas altmodischen Gemütlichkeit der Wohnung.

Allerdings schien es irgend ein Hindernis zu geben, als man sich zu grünen Bohnen und Fleischbällchen niedergelassen hatte. Und obwohl Ella ihrem zukünftigen Schwiegervater bei seinen Ausführungen über verschiedene Schiffstypen zuhörte, bemerkte sie nebenbei, wie Konrad mit seiner Mutter tuschelte und wie diese daraufhin hektisch in mehreren Schubladen suchte. Was sie zutage förderte, sah wie der Inhalt einer jahrelang verschlossen gebliebenen Mitgifttruhe aus: steife Damastservietten und dazu für jeden ein schwerer silberner Serviettenring. Dieser aber eher zu Messingfarbe gealtert. Auch die arglose Ella sah, dass sie lange unbenutzt gewesen waren.

„Ja, das ist meiner," sprach Konrad betont beiläufig, als wäre das gute Stück nach dem Frühstück versehentlich in die falsche Schublade geräumt worden. Ella nahm diese kleine Inszenierung kaum wahr. Der nette alte Herr war gerade dabei, ihr den Unterschied zwischen den alten Schiffstypen Lomme und Quatze zu erklären.

Natürlich haben Konrad und Ella geheiratet. Gleich nach dem AiP-Jahr. Allerdings musste Konrad vorher monatelange Überzeugungsarbeit leisten, dass sie jetzt nicht auch noch eine Weile als Ärztin arbeiten konnte. Nein, sagte er, wenn sie ihn liebe, müsse sie einsehen, dass nun die Zeit für die Familiengründung reif sei.

Er hatte es damit eiliger als Ella, denn er war zehn Jahre älter als sie und gerade zum Studienrat befördert worden – mit guten Aussichten auf ein späteres Direktorenamt. Er verdiente genug, um auch eine größere Familie komfortabel zu erhalten. Einer Zersplitterung der zukünftigen Familie durch Ellas törichten Traum, daneben als Ärztin zu arbeiten, konnte er wirklich nicht zustimmen. Er wünschte sich eine Frau an seiner Seite, die sich ganz auf die Kindererziehung konzentriert und nicht wegen Nacht- und Wochenenddiensten gezwungen ist, die Kinder irgendwelchen Hilfskräften anzuvertrauen. Putzhilfe – ja. Aber Personal für die Kinder – nein.

Als Ella Befürchtungen äußerte, mit der Zeit den Anschluss an die medizinischen Erfordernisse zu verlieren, sagte Konrad öfter den unschlagbaren Satz: „Man kann nicht alles haben im Leben."

Er meinte damit wohl einen liebenden Ehemann und obendrein auch noch einen eigenen Beruf.

Ella hätte sich trennen müssen von Konrad, wenn sie nicht auf ihre medizinische Kariere verzichten wollte. Aber sie liebte ihn. Und sie wünschte sich Kinder mit ihm. Er würde sicher ein wunderbarer Vater sein. Und was schließlich den Ausschlag gab: Er wusste ihr das wahre Familienglück geradezu verlockend und so schwärmerisch auszumalen, dass sie schließlich resignierte und seinen Modellvorstellungen zustimmte.

Sie führte dann auch den Haushalt und leistete die Kindererziehung mit der von ihm erwarteten Hingabe. Er bemerkte mit Befriedigung, dass sie im Laufe der Jahre immer weniger von feministischen Ideen angekränkelt wurde. Sie lebten sehr gesellig, Konrad lud gern Kollegen ein. Ellas Kochkünste und ihre genialen Tischdekor-Ideen wurden zur Legende. Aus Stoffservietten Schwäne falten, das konnte niemand außer Ella. Alles lief bestens, fand Konrad. Auch die drei Kinder gingen allmählich vom Lätzchenalter zur gehobenen Zivilisation der Serviettenbenutzer über.

Konrad hatte gleich zu Beginn ihrer Ehe zu dem Dekor aus Blümchen und Kerzchen eine viel schwerer wiegende geistige Kulturform eingeführt. Man sprach nämlich einen Segensspruch vor dem Essen und einen Dank danach. Konrad fühlte sich für den geistigen Stil der Familie ebenso verantwortlich wie Ella für das leibliche Wohl und den kultivierten Rahmen. Nein, ein Gebet wollte Konrad diesen Spruch nicht wirklich nennen. Er sagte, es handele sich vielmehr um ein kurzes Innehalten im brodelnden Alltag, ein Gedenken der geistigen Wirksamkeiten, auf die unsere Nahrung zurückgeht. Hier folgte Ella ihrem Manne gern und geradezu mit Verehrung, und so verweilte man bei Tisch vor den Mahlzeiten gewohnheitsgemäß einige Augenblicke lang und gedachte der Erde, die diese Nahrung hervorgebracht, und der Sonne, die sie reif gemacht hatte, und der höheren weisheitsvollen Kräfte, die dieses Zusammenwirken so wunderbar fügen und erhalten. Die gemeinsame Tafel, so empfand Ella, war erst mit diesen würdevollen Gedanken so recht reichhaltig und schön geworden. Auch wenn Familienfeste gefeiert wurden – nie nahm man das Besteck auf, nie erhob man die Gläser, die übrigens selbstverständlich keinen Alkohol enthielten, ohne diese gewichtige Besinnungsminute eingehalten zu haben.

„Nur die Tiere," pflegte Konrad fein lächelnd zu den Kindern zu sagen, „stürzen besinnungslos auf ihren Futternapf los."

Er wiederholte diese eindrücklichen Worte öfter, wenn eines der Kinder aus blankem Vorwitz oder weil es grimmigen Hunger hatte, schon während des Platznehmens blitzschnell nach einem Gürkchen oder einem Kartoffelschnitz griff.

Jahre später, als die Kinder aus dem Hause waren und Ella ganz bescheiden mit kurzen Urlaubsvertretungen im Krankenhaus versuchte, sich wieder in ihr medizinisches Metier einzuarbeiten, gerade da gab Ella sich Mühe, auch jetzt, für ihren Mann und sich selber, an der gewohnten Tischkultur festzuhalten. Wie eh und je breiteten die Beiden ihre schneeweißen Servietten auf den Knien aus und sprachen abwechselnd oder gemeinsam vor jeder Mahlzeit ihre zur schönen Gewohnheit gewordenen Sinnsprüche, er mit warmherzig-inniger Stimme, sie eher nüchtern im Tonfall. Dies geschah nun schon seit dreiundzwanzig Jahren. Ganz genau gesagt seit dreiundzwanzig Jahren, vier Monaten, zwei Wochen und fünf Tagen.

Dann jedoch geschah etwas, über dessen Bedeutung Ella sich leider genauso wenig Gedanken machte wie einst, als Konrad seine Mutter angesichts dampfend auf dem Tisch stehender Schüsseln eilig nach Servietten und Silberringen suchen ließ. Ella war nicht die Frau, die aus allen beunruhigenden Beobachtungen immer gleich negative Schlüsse zog. Und doch hätte sie gut daran getan zu bemerken, dass Konrad an diesem Tag die Serviette unberührt ließ. Als er das danach immer wieder einmal tat und es allmählich zur Gewohnheit wurde, brauchte Ella immer noch eine ganze Weile, bis sie ihn endlich erstaunt fragte:

„Möchtest du denn keine Serviette mehr?"

„Doch, doch," sagte er zerstreut.

Und so bekam er seine Serviette, im üblichen Turnus gewaschen und frisch gebügelt, er benutzte sie aber nur noch sehr selten. Wohl aber, und das wog für Ella schwerer, hielt er an der Tradition fest, der gemeinsamen Mahlzeit ein geistiges Gepräge zu verleihen, indem er mit warmer, fast zärtlicher Stimme den Segen sprach. Ella räumte beider Servietten regelmäßig in die Schmutzwäsche, obwohl die von Konrad stets noch ganz sauber war. Sie wunderte sich kaum darüber, denn es handelte sich ja um nichts Wichtiges.

Eines Tages sagte man ihr in der Klinik eine Assistenzarzt-Stelle zu. Sie war sehr glücklich und freute sich darauf, Konrad von dieser wunderbaren Perspektive zu erzählen. Aber dazu kam es leider gar nicht mehr. Viele Monate danach dachte sie allerdings manchmal an die Sache mit den Servietten zurück, wenn sie nun zu Hause allein am Tisch saß.

Nein, gestorben war Konrad nicht.

Seit einiger Zeit nahm er seine Mahlzeiten an einem anderen Ort ein. Mit einer sehr jungen Frau. Sie hielt Servietten für spießbürgerlich und absolut überflüssig, wie die Kinder berichteten, die den Vater dort besuchten, wenn auch nicht gerade gern und oft. Aber eines, so erzählten sie, habe er auch dort beibehalten: Er gedenke noch immer vor dem Essen mit fast zärtlicher Stimme der Erde, welche die Früchte des Feldes hervorbringt, und der Sonne, die sie reif werden lässt, und der göttlichen Kräfte, die alles so wunderbar führen und erhalten.

Ich bin eben alt

Mir tun zwar oft die Knochen weh.

Aber als die Tür endlich aufgemacht wird, bin ich sofort raus – sofort! Man kann ja nie wissen, ob die sich das nicht gleich wieder anders überlegen, nach mir grabschen und mich wieder reinzerren. Haben sie aber nicht gemacht, und ich kriege gleich dicke Wassertropfen auf die Ohren. Es ist also genau so regnerisch, wie es durchs Fenster ausgesehen hat. Ich muss wieder rein und die andere Hausseite ausprobieren. Da drüben auf der Terrasse steht sowie alles, wo ich immer drauf liege: die Kissen auf den Stühlen, die Polsterbank mit Schirm, die nur uns gehört, mir und meinem Bruder. Ich klappere also schnell wieder durchs Türchen zurück und höre sie sagen: „Guck mal, da isser ja schon wieder! War ihm wohl doch zu kalt draußen." Ich kümmere mich nicht weiter darum und steuere die Fenstertür im Wohnzimmer an und setz mich davor. Rausgucken kann ich leider nicht. Das ist zwar eine Glastür, aber wenn man unten rausgucken will, hat man ein Brett vor dem Kopf. Wo ich sitze, ist leider kein Glas. Man muss sich immer in Geduld fassen, bis die bemerken, dass ich auf einen Türöffner warte. Manchmal merken die lange Zeit gar nichts, das ist dann fad, weil ich ja nicht rausgucken kann. Aber ich muss nur lange genug stur ausharren – irgendwann kommt schon jemand. Das weiß ich aus Erfahrung. Na, diesmal geht es ja richtig schnell: Er kommt, stellt was auf dem Tisch ab und sagt was: „Jetzt will er hinten raus, soll ich aufmachen?" Und sie ruft aus der Küche: „Mach nur ruhig auf, der wird mal müssen!" Als ich draußen auf der Terrasse bin, sehe ich, dass es dort genau so regnet wie auf der anderen Hausseite. Alle Kissen sind weg. Das kann ich ja noch verstehen, aber dass sie auch den Schirm über der Sitzbank zusammengeklappt haben, ist wieder mal sowas von unglaublich dumm! Wo soll denn unsereiner jetzt hin bei dem Regen? Der Schirm ist regenfest, ich könnte jetzt in Frieden drunter liegen und würde nicht nass werden. Was mach ich nun? Drinnen ist es so öde! Und auch laut! Zugegeben, weiche Teppiche und Sessel gibt es hier draußen nicht, auch unsere Feldbetten haben sie an die Wand gestellt, damit sie nicht nass werden. Alles wegen dem Regen! Notgedrungen muss ich jetzt in Wind und Wasser rumspazieren, das mach ich wirklich nicht gern, aber reingehen will ich nicht schon wieder. Und auf dem Pflaster liegen, jetzt bei diesem Regen, macht auch keinen Spaß. Vollbäder waren noch nie mein Ding. Dass ich mal muss, ist auch

Unsinn. Das würde jetzt auch höchst unerfreulich sein, denn Scharren in nasser Erde ist ziemlich eklig. Wenn ich wirklich müsste, würde ich lieber wieder reingehen, da steht nämlich diese Notfallkiste, die ist immer trocken und riecht sogar gut – na, meistens jedenfalls. Eigentlich wird die ja immer nur nachts aufgestellt für uns. Wenn es nämlich nach Mitternacht sehr kalt wird, kommt sie doch wirklich im Bademantel raus und ruft nach uns! Mein Bruder ist dann aber schon immer längst reingegangen, der friert ja schnell und steuert dann lieber seinen Polstersessel im ersten Stock an. Eine ganze Weile fehlt er mir dann sehr als Heizkörper. Ich bibbere, wenn er abhaut. Aber dann kuschele ich mich in das Kissen und gewöhne mich an die Kälte, meistens döse ich trotzdem irgendwann ein, außer wenn ich mir vorher ein klitschnasses Fell geholt habe. Das ist nun wirklich ungemütlich. Aber die frische Luft draußen ist eben ganz was anderes als der Stubenmief drin. Und was man so alles hört und sieht in der Nacht! Neulich war der Marder wieder mal da. Der hat zwei Meter von mir weg einen Haufen unter den Tisch hingelegt. Ich konnte sehen, wie er diese Würstchen rausgepresst hat. Wenn ich jünger wäre, würde ich ihn ja wegjagen und an dem Haufen schnuppern. Früher habe ich mir das nicht entgehen lassen. Heute ist mir der Aufwand zu groß: Das Runterspringen von dieser Bank tut in den Knochen weh. Und das ist die Sache nicht wert. Ich bin eben alt, sagen meine Leute. Sie haben sowieso in der letzten Zeit eine Memme aus mir gemacht, sogar abfrottieren tun die mich, wenn ich nass reinkomme. Darüber hat sogar dieser Mann gelacht, der immer mal hinter dem Rasenmäher herläuft und die Bienen vom Klee wegjagt, der hat gelacht über diese Wischerei! Aber sie, die Meine, hat gesagt: „Der Kater ist über zwanzig Jahre alt und gucken Sie mal, wie dünn der geworden ist, und sein Fell ist auch kein wirklicher Schutz mehr." Ist ja Quatsch. Obwohl – es gibt Nächte, da bin ich froh, wenn der Bademantel vor mir steht und mich unterm Schirm vorholt. Meist bin ich dann so kalt geworden, dass ich zu steif bin, um bis an die Klappentür auf die andere Hausseite zu laufen. Die Klappe ist ja immer offen, aber viel zu weit weg. Die Meine nimmt mich dann mit rein ins Haus und legt mich in den Fernsehsessel, der ist von unten so warm wie der Backofen, nachdem der Auflauf rausgenommen wurde. Zuerst hab ich gedacht, mein Bruder hat da bis eben noch gelegen, so fühlt sich das Warme an. Dann habe ich gedacht, die Meinige ist da wohl gerade noch im Sessel gelegen und aufgestanden, um mich von draußen reinzuholen. Aber ich bin immer schlagartig eingeschlafen. Zum Nachdenken kommt man da gar nicht mehr, wenn es plötzlich so weich und warm wird. Das geht nun jede Nacht so, aber ich bin allmählich draufgekommen, was da so warm ist! Es gluckert nämlich manchmal unter der Decke, das muss warmes Wasser sein. Komisch – das müsste ja eigentlich in das Polster reinlaufen, nicht? Tut es aber nicht. Und am Morgen, wenn ich endlich richtig wach werde, dann ist mir auch egal, was da gegluckert hat – ich will nur noch raus! Die Meine hat dann auch keinen Bademanel mehr an, sondern Hosen, und die sind so glatt, es ist ungemütlich, wenn man sich dran reibt, um Guten Morgen zu sagen. Ich lasse die Fressnäpfe links liegen und gehe schnell raus an die Luft. Früher hab ich immer Hunger gehabt und wär an keinem Teller vorbeigegangen, ohne den Inhalt zu prüfen und gegebenfalls aufzulecken. Aber komisch – jetzt hab ich nie mehr so einen richtigen Hunger - und Durst erst recht nicht. Ich könnte glatt ohne Essen und Trinken auskommen. Keine Ahnung, warum: Es schmeckt alles nicht mehr! Das scheint den Meinen nicht zu gefallen. Sogar er trägt mir manchmal einen Teller nach und stellt ihn vor mich hin. Sie rennen mir beide mit dem Essen richtig nach! Sie macht sogar täglich was ganz Gemeines mit mir: Sie schnappt mich ganz plötzlich, greift mir in den Nacken, so dass ich mich nicht mehr rühren kann, und lässt mit so einem kleinen Schlauch Wasser zwischen meine Zähne laufen. Und mir bleibt nichts anders übrig als schlucken, schlucken, schlucken. Naja, es geht schnell, und das Wasser ist immer warm. Stören tut es mich aber doch.

Alles ist anders geworden. Früher war ich immer ganz wild drauf, mit der Meinigen zu schmusen oder mich von ihr bürsten zu lassen. Ganze Abende hab ich auf ihrem Schoß verbracht besonders im Winter, wenn sie vor diesem hellen Fenster gesessen hat und stundenlang die Leute beguckt hat, die man da immer rumzappeln sieht, oder sie sitzen und reden ohne Ende. Nur einmal waren da Vögel zu sehen, ganz nah vor uns – das vergess ich nie! Da bin mit einem Sprung dort gewesen. Aber da waren gar keine Vögel, nur eine Glasscheibe, kein Geruch - nichts! Richtig öde. Aber es hat mir langes Kraulen und Streicheln von der Meinigen eingebracht, manchmal auch von ihm, aber der hat so harte Knie, da sitzt sich´s nicht gut drauf.

Komisch, dass ich das alles jetzt nicht mehr so toll finde. Ich will nur noch meine Ruhe haben. Bürsten muss mich auch niemand mehr, höchstens mal ´ne Zecke rausmachen. Und als neulich auf der Terrasse eine Maus ganz nahe unter meiner Bank rumgehuscht ist, dass ich sie riechen und sogar mit meinem einzig verbliebenen Auge sogar begucken konnte, da habe ich ihr alles Gute gewünscht und weitergeschlafen. Wäre mir früher nicht passiert! Die hätte keine Überlebenschance gehabt.

Scheint zu stimmen, was meine Leute sagen: Ich bin eben alt geworden.

Thailand

In Europa galt ich mit meinen einssechzig als von eher kleinem Wuchs. Auf die Waage brachte ich damals auch nicht viel mehr als neunundfünfzig Kilo. Dass ich mich dennoch als ungeschlacht und kolossal empfand – dafür musste ich erst nach Thailand reisen. Alle dort waren kleiner, zierlicher, schmaler, schlanker, kleinfüßiger und leichtfüßiger als ich. Und eindeutig auch höflicher, anmutiger, liebenswürdiger und disziplinierter.

Das war für mich eine erschütternde Entdeckung. Bis dahin hatte ich mir eingebildet, als ganz normale Mitteleuropäerin viele von diesen Eigenschaften auch zu haben. Jedoch nach fast vier Monaten Aufenthalt im Lande der Siamesen saß ich dieser Illusion nicht mehr auf. Die Farang, so nennt man dort westliche Menschen, sind in den milde blickenden Augen der Thais zumeist tolpatschige Riesenmenschen von ungepflegtem Äußeren, die oft zwei Tage lang die gleiche Kleidung tragen, was in Thailand nur die Bettler tun. Obwohl einer dort weit verbreiteten Meinung zufolge Europäer unermesslich reich sind, tragen sie dennoch Jeans - ein Zeichen indiskutabler Geschmacksverirrung, der Gipfel der Unkultur und der Phantasielosigkeit. Über so etwas sprechen die Thais natürlich nicht, kritische Beurteilungen sind tabu. Aber gerade wenn man die Sprache nicht versteht, ist man zu genauer Beobachtung von Gesten, Blicken und Mienenspiel gezwungen, die alle zusammen manchmal deutlicher sprechen als Worte. Und mir schienen sie zu sagen:

Ach du armes ungelenkes und grobschlächtiges Wesen!

Vom Flughafen holte mich meine Gastgeberin mit Auto und Chauffeur ab. Dass man sich nicht deftig die Hände schüttelt oder vor Freude umarmt – das wusste ich immerhin schon. Wie hoch ich aber meine zusammengelegten Hände bei meinem Begrüßungs-„Wai" halten musste, ob sie beim Chauffeur niedriger zu halten waren als bei seiner Herrin, oder ob es einfach reichte ihm zuzunicken – bei all diesen Detailfragen war ich sehr unsicher.

Meine erste von vielen späteren Lektionen bekam ich sofort von einem etwa zehn Meter hohen Poster erteilt, an dem sich der dichte Verkehrsstrom im Schritttempo vorbei wälzte. Ich hatte Zeit, es zu betrachten: Darauf sah man seine Majestät, den großen, wohlwollenden König Bhumipol Adulyadey sich mit Huld und fast zärtlicher Geste zu einer sehr alten, gebrechlichen und faltenreichen Greisin hinabbeugen, die mit tief geneigtem Kopf vor ihm auf den Knien lag und ihre zum Wai zusammengelegten Hände, so hoch sie konnte, über ihrem Kopf erhoben hatte. Ich ging wohl nicht fehl mit meiner Einschätzung, dass diese Stellung der maximale Ausdruck von Verehrung und Höflichkeit darstellte, und ich hoffte sehr, dass die Zeit meines Aufenthaltes in diesem Land ausreichen würde, um mit den verschiedenen Zwischenstadien solcher Gesten klarzukommen, die je nach Sozialstatus, Lebensalter und Bedeutung einer Person anzuwenden waren.

Meine erste Autofahrt durch Bangkok war jedenfalls schon eine richtige Lehrveranstaltung darüber, wie die Untertanen des Königs ihn bewundernd sahen. Oder sehen sollten - aber das konnte ich nicht beurteilen, denn über den König redete man nicht kritisch, schon gar nicht mit Ausländern!

Am 5. Dezember 1992 christlicher und 2541 buddhistischer Zeitrechnung wurde der König 60 Jahre alt. Die ganze Innenstadt war voller Bildwände, auf denen man viel über die königliche Kompetenz in verschiedenen Resorts erfahren konnte: König Bhumipol als Staatsmann. König Bhumipol als Forscher. Der König als Mönch. Der König als Förderer der Landwirtschaft, als Musiker und Komponist, als

Fotograf, als Segler, als liebender Monarch zusammen mit Armen, Invaliden und Kindern. Und ganz privat mit seiner eigenen Familie im Palastgarten. Königin Sirikit, einstmals der Deutschen bewunderte Titelblatt-Schönheit, sah auf den Plakaten jetzt eher matronenhaft aus. So vergeht eben der Glanz der Welt auch bei den Hoheiten.

Unglaubliches Gewühl im Abendverkehr. Autos, Motorroller, Massen von farbigen Dreirädern, manche leicht überdacht. Diese seien Tuck-tucks, erfuhr ich, sie dienten für alles, beförderten Personen wie auch Waren. Verkehrspolizisten trugen Atemschutz und trillerten unaufhörlich mit ihrer Pfeife. Dennoch war jede Kreuzung verstopft. Der große Unterschied zu ähnlichen Situationen in Deutschland fiel mir sofort auf: Auch wenn sich absolut nichts mehr bewegte, saß niemand mit ärgerlich verkniffenen Gesicht am Steuer oder trommelte ungeduldig aufs Lenkrad. Große Gelassenheit auf allen Gesichtern! In vielen Autos, in die ich hineinschauen konnte, unterhielt man sich, lachte und scherzte. Selbst die jungen Leute auf den zahlreichen Motorrädern, oft auch vierköpfige Familien, wunderbar eng auf den zwei Rollersitzen arrangiert, manche mit Atemschutzmasken, unterhielten sich fröhlich miteinander. Kinder und Jugendliche saßen auf Bänken in Pritschenwagen mit Zeltdach - offenbar Schulbusse - eng gepfercht. Manche hingen außen an den überfüllten Fahrzeugen, durchaus graziös, auch in dieser Haltung. Alle schienen den Stau mit Geduld, Heiterkeit und Gelassenheit zu ertragen.

Meine Gastgeberin machte mir eines gleich auf dieser ersten Fahrt klar: sie wollte von mir nicht bei ihrem Namen angesprochen werden, ich sollte sie Pipai nennen. Das heißt: große Schwester. Sie war zehn Jahre älter als ich, und ich vermutete, diese intime Anrede gewährte sie mir als eine Art freundliche Statusbestimmung. Der Chauffeur lenkte nach längerem Rollen im Stau-Verkehr das Fahrzeug in einen ruhigen Seitenweg ein. Der war ungepflastert, sandig, die Häuser beiderseits des Weges lagen im Schatten schöner großer Laubbäume. Sukumvit hieß die Straße, die ich bis dahin nur als Adresse auf dem Couvert gekannt hatte. Die Haushälterin, deren Name Sin war, öffnete das Gartentor und verbeugte sich unangenehm respektvoll vor mir. Mir war klar: ich brauchte hierzu schnellstens eine Nachhilfestunde von meiner „großen Schwester", denn wieder wusste ich mich nicht richtig zu verhalten. Das Haus war innen ganz mit Teakholz ausgestattet und etwas düster, auch wegen des Baumbestands vor den Fenstern. Am Tage dürfte der Schatten allerdings ein Segen sein, denn es war auch jetzt am Abend noch sehr heiß. Das Zimmer, das mir zugewiesen wurde, hatte einen riesigen Ventilator an der Decke, den die Magd Sin sogleich in Betrieb setzte. Ich schaltete ihn sofort wieder aus, als sie das Zimmer verlassen hatte, denn so ein Luftquirl bewirkt bei mir immer das Gefühl, mich in der Rührschüssel einer Küchenmaschine zu befinden.

„Du bist doch sicher gewohnt, abends zu essen, ja?" fragte Pipai, und es schwang so etwas wie Mitleid in ihrem Ton mit.
Etwa als wollte sie sagen: Du Arme hast es ja wohl noch immer nötig zu essen, darüber bin ich hinaus. Wie ich wusste, war sie Meditationslehrerin in einem Buddhistischen Bildungszentrum, und deshalb traute ich ihr durchaus eine gewisse Unabhängigkeit von solch niederen Gewohnheiten zu, wie es eben das Begehren nach einem ordentlichen Abendessen ist.
Sie fügte hinzu:
„Sin hat unten einen kleinen Imbiss für dich vorbereitet. Du weißt, dass ich nur mittags esse. Entschuldige mich also bitte für die Abendmahlzeit."

Nach kurzem Nachdenken, während dessen sie nebenher zwei Gläser mit Wasser füllte, das in Glaskrügen auf kleinen Tischchen überall im Hause verteilt war, sprach sie, indem sie mir ein gefülltes Glas reichte:
„Für morgen steht ein Ausflug aufs Land auf dem Programm. Du wirst einige meiner Freunde kennenlernen. Wir fahren zusammen zu unserm großen

Lehrer, der morgen Geburtstag hat." Und wiederum hielt sie inne, um – schon halb abgewandt – hinzuzusetzen: „Ach ja: morgens um halb vier steh ich immer draußen vor dem Tor und erwarte die Mönche. Du kannst dabei sein, wenn du möchtest."

Ich schaute sie fragend an, während mir viele Gründe durch den Kopf schossen, warum man wohl so früh schon am Gartentor auf Mönche warten mochte. Wir sprachen übrigens miteinander Englisch, und so erklärte sie auf meinen fragenden Blick hin kurz und bündig:

„I feed the monks."

Das Wort feed rief bei mir, die ich ja im Englischen auch nicht gerade seit Kindesbeinen beheimatet war, ein Erinnerungsbild aus meinen Tagen in England hervor: „Would you please feed the chickens, Lisa?" - Fütterst du bitte die Hühner, Lisa?
Pipai fütterte also jeden Morgen die Mönche. Ich war gespannt und stellte den Wecker auf halb vier. Mit Schaudern, wie ich unumwunden zugebe. Diese Uhrzeit bedeutete für mich: mitten in der Nacht den Tiefschlaf zu unterbrechen.

Es war auch noch dunkel, als der Wecker mich zwang, in die Kleider zu schlüpfen – natürlich in die vom Vortag! Ich schlich in den Garten. Dort, auf der

Straße, vor dem großen Eisentor, hatte meine „große Schwester" bereits ein Tischchen aufgebaut, darauf stand ein Tablett mit mehreren Schalen. Pipai, kerzengerade und aktiv in erwartungsvoller Haltung daneben stehend, warf einen kurzen Blick durch das Eisengitter: „Du kannst ruhig rauskommen," sagte sie. Aber ich zog es vor, mein müdes Frösteln noch ein wenig zu verbergen. Durch die Gitterstäbe konnte ich auch von drinnen die Szene gut überblicken. Und da nahte auch schon ein Mönch, kahlköpfig, barfüßig, in zimtfarbenem Gewand und mit einem freundlichen und erstaunlich wachen Lächeln im Gesicht, wie ich im Schein der Torlaterne erkennen konnte. Er begrüßte Pipai, und sie verbeugte sich ehrerbietig, wobei sie ihre aneinander gelegten Hände in Stirnhöhe hielt. Der Mönch zog aus seiner Kutte einen Beutel hervor und hielt ihn Pipai hin. Sie entnahm den verschiedenen Schüsseln jeweils etwas und legte es in den Beutel, wobei sie mit der linken Hand den weiten Ärmel ihrer Bluse festhielt. Diese Einarmigkeit sah kompliziert aus.

Wenige Worte wurden gemurmelt, wieder eine tiefe Verbeugung, und schon war der Mönch in der Dunkelheit verschwunden. Obwohl bereits der nächste nahte, übermannte mich die Müdigkeit, und ich musste heftig gähnen. Das Ritual vor dem Tor wiederholte sich öfter, einmal aber war es länger und sehr leise und betraf einen kleinen Gegenstand, den Pipai dem Mönch zuerst zeigte und dann überreichte. Auch er erhielt Speisen in seinen Beutel gelegt, wobei sich Pipai wiederum die Übergabe sehr schwer machte, indem sie mit der Linken den rechten Blusenärmel festhielt. Es kamen noch einige Mönche, junge und ältere. Ich sehnte mich heftig nach meinem Bett zurück. Als ich gerade daran dachte, mich leise zurückzuziehen, rief mir meine „große Schwester" munter zu:

„Gleich sind die Schüsseln leer, du könntest mir beim Hineintragen helfen."

Na gut, dachte ich, das beschleunigt meinen Rückzug, und ich griff hilfreich zu. Eine leise Vorahnung der Morgendämmerung wurde am Himmel sichtbar. Kaum hatte ich die Schüsseln in der Küche abgestellt, kam Pipai mit fröhlichen Dankesworten auf mich zu, setzte sich und bot auch mir einen Stuhl an. Sie reichte mir ein Glas Wasser und füllte weitere Gläser, die auf einem runden Tablett standen. Sie begann zu trinken und ermunterte auch mich zu einem Trunk.

„Das ist ein Teil der Morgenreinigung," erklärte sie und verteilte die gefüllten Wassergläser zwischen uns auf dem Tisch, jede von uns bekam drei weitere volle Gläser zugeschoben. „Probier das mal," sagte sie und lächelte mich mit fröhlicher Überzeugung an, „vier Gläser sind ein gesundes Maß zum Durchspülen am Morgen."

Um meinem Magen Zeit zu verschaffen, sich auf diese ungewohnten nächtlichen Wassermengen einzustellen, befragte ich Pipai über das, was ich soeben am Tor beobachtet hatte. Und zwischen ihren zierlichen aber energisch-kontinuierlichen Schlückchen erklärte sie mir, dass die Mönche sich ausschließlich von den Speisen ernährten, die ihnen am Morgen geschenkt werden. Wenn sie leer ausgingen, müssten sie hungern, denn sie lebten vollkommen besitzlos. Aber diejenigen, die den Mönchen Speisen schenkten, könnten sich damit Verdienste in den höheren Welten erwerben. Sie habe heute einem, der seit Tagen kränkelt, ein kleines Schraubgläschen mit ihrer vorzüglichen Eukalyptussalbe geschenkt, deren ätherische Kraftstrahlung wirke Wunder. (Was ich voll und ganz bestätigen konnte, als ich einige Wochen später selbst eine solche Kostbarkeit von ihr geschenkt bekam.)

„Und warum hast du beim Überreichen der Gaben immer eine Hand an deinen Arm gelegt?" fragte ich.

„Man darf Mönche nicht berühren, auch mit der Kleidung nicht. Meine Ärmel sind sehr weit, ich musste dafür sorgen, dass sie die Hände der Mönche nicht bei der Übergabe streiften."

Ich sagte „Oh!" und nahm wieder einen Schluck Wasser.

„Spürst du schon, wie das Wasser dich durchspült?" fragte sie schwärmerisch. Vor mir standen noch immer drei volle Gläser. Durfte ich sie zurückweisen? Oder wäre dies unhöflich? Zu den asiatischen Besonderheiten, die ich mir vor meiner Reise angelesen hatte, gehörte auch die eindringliche Aufzählung, was alles in diesem Land als unhöflich betrachtet wird, und das war eine ganze Menge. Ich war ja durchaus guten Willens, fand aber, dass man ausgeschlafen sein sollte, um die Fettnäpfchen bemerken zu können, in die man hineintritt.

Während meiner dreizehn Stunden Flugzeit hatte ich kein Auge zugetan. Und jetzt wollte ich mich eigentlich nicht durchspülen, sondern wieder ins Bett legen. Nahe dran, dies auch wahrheitsgemäß zu sagen, sah ich plötzlich Sin, die freundliche Magd, in der Tür. Sie setzte einen Teller voll allerschönster Früchte für mich auf den Tisch. Manche Arten hatte ich noch nie vorher gesehen.

„Du kannst natürlich auch ein europäisches Frühstück haben oder Fisch und Reis oder gebratene Bananen - wie du möchtest," versprach Pipai, „aber lass dir jetzt erstmal Zeit für dein Wasser."

Sie wendete sich ab und besprach sich länglich mit Sin, und während ich dem zwitschernden Redefluss der Thaisprache lauschte, kapierte ich allmählich: die frühe Speisung der Mönche war nicht, wie ich angenommen hatte, eine kurze Unterbrechung der Nachtruhe gewesen, sondern für meine Gastgeber ein ganz normaler Tagesbeginn. Nach dieser erschütternden Erkenntnis musste ich meine müde Haut retten, auch wenn dies gegen alle Höflichkeit verstieß:

„Pipai, danke für das Wasser. Ich bin nach dem langen Flug noch immer etwas müde. Darf ich mich noch einmal zurückziehen?"

„Aber natürlich," sagte Pipai und schaute auf ihre Armbanduhr, „jetzt ist es fünf, wir fahren erst kurz vor sechs los, wenn es ganz hell geworden ist. Hast du einen Wecker oder soll Sin dich rufen?"

Um zehn vor sechs fuhren Pipais Freunde in einem neunsitzigen Auto mit Chauffeur vor. Bei der Vorstellung in englischer Sprache wurden nicht nur Namen, sondern auch Berufe und Titel genannt. Wenn ich das richtig verstand, war Dr. Lanbo Arzt, Frau Dr. Kitamporn Pharmazeutin. Sie hatte auch ihre - übrigens sehr fröhliche und hübsche - Dienerin namens Wantum mitgebracht. Als wir durch den schon am frühen Morgen erstaunlich dichten Verkehr gesteuert wurden, sagte mir Pipai, wir würden noch drei andere Mitfahrer abholen und außerdem in der Blumenmarkthalle Jasminblüten kaufen. Wir fuhren fast zwei Stunden durch Bangkok, sehr langsam stop und go, bis die Fahrgäste komplett waren. Pipais beste Freundin war auch zugestiegen, Dr. Lilac, deren akademisches Fach ich bei der Vorstellung nicht verstanden hatte.

Vor der Markthalle hielten wir längere Zeit, bis Wantum und Pipai eine große Basttasche voll herrlich duftender Blüten erstanden hatte. Diese wurde auf die hintere Sitzbank zwischen mich und die ständig lächelnde Wantum gestellt. Sie zeigte mir begeistert, wie man die zarten Blüten zu langen Ketten flechten kann. Sie konnte kein Englisch und redete Thai mit mir, was ich niedlich fand und kein bisschen verstand. Das war aber auch gar nicht nötig, denn das Flechten dieser Ketten war leicht durch einfache Nachahmung zu lernen. Der Duft war wunderbar anregend, und ich war heilfroh, so etwas Schönes mit meinen Händen tun zu können, denn die Fahrt dauerte noch weitere zwei Stunden, in denen mich sonst das lebhafte Thai-Gezwitscher der Freunde sicher eingeschläfert hätte, was ganz bestimmt der Gipfel der Unhöflichkeit gewesen wäre. Die fertigen Blumenketten sollten nicht etwa als Halsschmuck gebraucht werden, wie ich das aus Afrika kannte. Nein, mit ihnen wurden die bunten Geschenkpäckchen geschmückt, die ein jeder (außer mir natürlich) für den verehrten Meister mitgebracht hatte.

Trotz aller Emsigkeit beim Flechten drohte mein vor Müdigkeit bleischwerer Kopf einige Male in die betäubend duftenden Blüten zu fallen. Eine rettende Kaffeepause am Straßenrand verhinderte dies jedoch glücklicherweise noch rechtzeitig. Stehend und plaudernd genossen wir nicht nur den Kaffee, sondern auch winzige pfefferig-süße Gebäckstückchen, deren Schärfe sich direkten Zugang zu meinem Gehirn verschaffte. Das befähigte mich zu wachen Antworten, als ich von Pipais Freunden sehr direkt über meinen Beruf befragt wurde. Pipai griff sofort ein und machte mich zu einer Professorin, was ich aus gutem Grund nicht dementierte, denn ich brauchte ja dringend etwas, das meine mitteleuropäisch-primitive Anmutung ein wenig aufwertete. Glücklicherweise hatte ich später die Gelegenheit, die sehr viel schlichtere Wahrheit zu äußern, als ich von meiner konkreten Arbeit als Seminarlehrerin berichtete.

Endlich rollte unser großes Auto auf einer langen Allee voller wunderschöner Laubbäume in einen Park hinein, an einer langen Reihe großer Buddhastatuen vorüber auf ein langgestrecktes, niedriges Teakkolz-Gebäude zu, dessen Portal weit offen stand. Dies musste das Haus des verehrten Meisters sein, denn alle ergriff eine spürbare Erregung, sie vergaßen, als sie flink ausstiegen und unverzüglich mit ihren blütenreich gezierten Geschenkpäckchen auf das Portal zueilten, mir irgend etwas zu erklären. So betrat ich als Letzte und etwas zögernd das Haus. Drinnen flüsterte mir Pipai zu, man müsse sich dem Meister kniend nähern, und ich sah ihn auch sogleich in rostroter Robe am Ende der langen Halle auf einem kleinen Podest im Lotossitz, umgeben von weiteren Mönchen und Besuchern.

Pipai und ihre Freunde waren bereits auf den Knien und rutschten auf den Verehrten zu, der ihnen seinerseits freundlich lächelnd entgegenblickte. Unschlüssig war ich am Eingang stehen geblieben. Es kam mir grotesk vor, es den anderen einfach nachzutun und auch auf den Knien zu dem heiligen Mann hinzurutschen, für dessen Heiligkeit mir jeder Begriff fehlte. Vielleicht spielte mir auch mein verheerender Schlafmangel einen Streich, so dass ich keinen Funken Neugier empfand für das, was sich hier nun gleich zutragen würde. Im Gegenteil – die zielbewusst und unterwürfig nach vorn rutschenden und mir noch immer recht fremdartigen Menschen lösten in meinem müden Gemüt das Gefühl milder Abneigung und schließlich einen jähen Fluchtimpuls aus. Ich drehte mich um und rettete mich nach draußen.

Dort, unter den majestätischen Bäumen musste ich wie unter Zwang fortwährend so stark gähnen, dass meine Kieferknochen knackten. Das gab mir eine animalische Selbstwahrnehmung im Vergleich zu Pipais Freunden, die in kultiviertem Stil da drinnen ihrem großen Lehrer huldigten. Ich spazierte, erschüttert durch die negative Verwandlung, die ich in diesem Lande an mir wahrnahm, auf die Reihe der steinernen Buddha-Figuren zu. Sie waren etwa zwei bis drei Meter hoch, aus Stein gemeißelt, und saßen in Meditationshaltung auf Sockeln. Nur in der Gestik ihrer Hände und Arme unterschieden sie sich von einander. Ich spazierte durch die flankierenden Skulpturreihen den Weg entlang und entdeckte etwas Merkwürdiges: Manche der Buddhas hatten auf verschiedenen Körperstellen oder im Gesicht kleine goldene Flecke. Sie glänzten wie echtes Gold, waren kreisrund und so klein wie die Löcher, die mein Bürolocher daheim in die Akten stanzt. Völlig willkürlich schienen sie auf den Statuen verteilt zu sein. Einer der Buddhas hatte je einen goldenen Punkt auf den Augen, ein anderer mehrere auf der linken Brustseite. Wieder ein anderer hatte ein goldenes Fleckchen auf der Kniescheibe, und auch sein Bauch war übersät mit glänzenden Punkten. Ich trat näher und fuhr mit den Fingern leicht darüber. Sie waren tatsächlich glatt und glänzend wie echtes Gold. Was hatte das zu bedeuten? Trotz meiner Mattigkeit wollte ich das genau wissen und zog meinen sehr klein gedruckten Thailand-Baedeker aus der Tasche. Er sagte mir, dass diese winzigen Plättchen tatsächlich reines Blattgold waren. Die Gläubigen konnten sie in kleinen Schächtelchen als Opfergaben kaufen, wie man auch Duftkerzen und Räucherwerk erwirbt. Diese güldenen Plättchen wurden zur Verstärkung einer Bitte um Heilung einer bestimmten Krankheit geopfert und während des Gebets an derjenigen Körperstelle der Statuen angebracht, für die der Betende für sich selbst oder für andere Besserung erflehte. Die Vergoldungen der Augenlider, die ich vor mir sah, stammten wahrscheinlich von einem Menschen, der um Hilfe für seine Sehfähigeit gebetet hatte.

Am Ende der Skulpturenreihe stand ein älteres Paar. Der Mann entzündete einige Räucherstäbchen, die Frau klemmte sie zwischen zwei Steine zu Füßen eines Buddhas, dessen rechte Hand mit der Fläche nach oben auf dem Knie ruhte. Auch vor anderen Statuen lagen Steine mit Resten von abgebrannten Räucherstäben, bei manchen waren am steinernen Sockel Metallschlaufen für Räucherstäbe angebracht. Das alte Paar verbeugte sich mehrmals sehr tief, bevor es die Stätte verließ. Ich fühlte mich ziemlich verloren. Keine der Buddhas blickte auf mich herab. Sie saßen alle sehr gerade, und ihr Blick ging über mich hinweg in weite Fernen.

Plötzlich bemerkte ich, dass meine Reisegenossen aus dem Portal des Hallengebäudes traten, vor ihnen her schritt der Meister mit nackten Füßen und wehendem Tuch. Täuschte ich mich, oder hatte er tatsächlich kurz zu mir herüber geschaut? Mit einigem Abstand trottete ich hinter der Gruppe her. Pipai blieb ein wenig zurück und wartete auf mich:

„Wir sehen jetzt das Zimmer an, das Dr. Lilac gesponsert hat."

Ich beeilte mich, an ihrer Seite zu bleiben und sagte nichts. Da fand sie wohl weitere Erläuterungen notwendig:

„Dies Kloster unterhält auch eine Studienstätte. Wir ziehen uns hier manchmal zu Schweigeübungen zurück. Das Gästehaus ist immer überfüllt. Daher wurde ein weiterer Flügel für Übernachtungsräume angebaut - da vorn, das weiße Gebäude links. Diejenigen Schüler, die das wollen, können den Bau eines Schlafzimmers und seine Innenausstattung finanzieren. Das gehört ihnen immer dann, wenn sie zu den Retreats kommen. In den Zeiten, in denen der Sponsor nicht selber anwesend ist, steht der Raum anderen Schülern zur Verfügung. Das Haus ist gerade fertig gebaut, Lilac sieht ihr Zimmer heute zum ersten Mal."

Wir waren an dem sehr langen, schmalen Gebäude angekommen. An seiner Längsseite lief ein Vordach entlang, unter dem eine lange Reihe von Türen, eine neben der anderen, sichtbar wurde. Über den Türen hingen kleine Schilder mit thailändischen Schriftzeichen.

„Auf jedem steht der Name des Spenders drauf, das dort ist Lilacs Zimmer," erklärte Pipai.

Der Mönch hatte eine Tür geöffnet, alle gingen zur Besichtigung hinein. Ich blieb zurück. Lächelnd blickte der Meister mich an und machte eine einladende Geste. Also nickte ich ihm zu und schaute auch in den winzigen Raum, den ich eher als eine helle, karg und zweckmäßig eingerichtete Zelle empfand: Bett, Stuhl, Tisch und eine Duschecke. Weißer Steinboden, weiße Wände. Gefiel mir in dieser Schlichtheit!

Die Freunde redeten angeregt durcheinander, ich verstand nichts und versuchte beim Hinausgehen unauffällig mit einem neuen Gähnanfall fertig zu werden. Ich kannte mich gar nicht wieder: so stumpf durch eine mir völlig neue, aufregende Welt zu stapfen, auf die ich mich monatelang gefreut hatte, passte nicht zu mir. Ich war böse auf mich selber.

Draußen hatte unser Chauffeur inzwischen das fahrbereite Auto vorgefahren. Dessen Türen waren einladend geöffnet. Sobald ich sah, dass Pipai und ihre Freunde sich in zweifelsfrei verabschiedender Pose vor dem Meister tief und demütig verbeugten, flüchtete ich erleichtert in den Wagen und ließ mich auf der hintersten Bank nieder. Ich fühlte mich hilflos meiner eigenen Plumpheit ausgeliefert, und obwohl ich mich dafür hasste, konnte ich mir spontan keine respektvolle Abschiedsgeste für den Meister abringen. Ich versuchte, meine Unsicherheit hinter einem irren leisen Lächeln zu verbergen. Dennoch entging mir nicht, dass der Meister dem Fahrer eine Anweisung gab, er deutete voraus, und der Fahrer nickte oder vielmehr: er verbeugte sich bejahend. Langsam rollten wir den Weg hinunter und hielten erneut an, als wir wieder die Empfangshalle aus Teakholz erreicht hatten. Der Meister verschwand darin. Ich versank in mir selber. Neben mir saß die munter am Gespräch beteiligte Dienerin Wantum. Alle waren heiter und gesprächig. Ich fragte mich, ob es wohl sehr unhöflich wäre, wenn ich die Rückfahrt verschlafen würde. Da schauten sich auf einmal alle wie auf Kommando zur mir um! Der Fahrer zog die Schiebetür auf – und plötzlich stand der Meister neben mir und blickte mir mit einem Gesichtsausdruck in die Augen, den ich trotz meiner Verwirrtheit nicht anders als sehr zugewandt, liebevoll, fast als innig empfand.

„Take my blesses, daughter," sagte er in einwandfreiem Englisch. Er segnete mich also und nannte mich Tochter. Ganz ohne Berührungsscheu streckte er mir wie ein Europäer seine Rechte entgegen, die ich erschrocken ergriff und drückte.

„I´ve got a little present for you," sagte er und holte aus den Falten seiner Kutte ein kleines Amulett an einer silbernen Kette hervor. Er deutete auf das emaillierte Oval, auf dem die feinen stilisierten Linien eines unter einem Baum liegenden Buddha eingraviert waren. Ich ergriff das Amulett, betrachtete es, und blitzartig verstand ich:
Das Gesicht hatte geschlossene Augen: Der Buddha unterm Baum schlief! Er tat das, was ich jetzt so gern täte: er schlief!
Ich war wie elektrisiert, Wärme stieg in mir auf, und ich legte meine Hände zusammen, hob sie an meine Stirn und verneigte mich so tief, wie ich es auf dem Autositz konnte. Der Meister nickte und trat lächelnd zurück, der Fahrer schloss die Schiebetür und setzte sich – nicht ohne sich nochmals tief verbeugt zu haben - ans Steuer. Als das Auto sanft anfuhr, sah ich mich um. Der Mönch hatte die Arme gekreuzt und die Hände in die Ärmel seiner Kutte geschoben. In dieser Haltung schaute er ruhevoll

und noch immer mit diesem gütigen Blick auf mich. Ich, mit dem starken Gefühl einer großen Befreiung, winkte ihm zu – ganz ohne mich zu fragen, ob das wohl schicklich sei. Er hatte mich durchschaut und verstanden!

Sonnenlicht fiel auf seinen glatt rasierten Schädel.
Aufrecht stand er da auf nackten Sohlen.
Er lächelte wissend.
Als wir uns entfernten, wurde er kleiner.
Aber das täuschte!
Er war wirklich ein großer Lehrer.
Das wusste nun auch ich.
Mein müder Tag hatte Bedeutung gewonnen.

Schläfer

Auf genau 1,5 Kilometer begleitet ein Feldrain die Landstraße zwischen Göbenberg und Demmental. An diesem Vormittag fährt ein Auto auf dieser Straße. Auch das wird begleitet, nämlich von einem großen Vogel, der hoch über dem Feldrain immer mal einige kräftige Flügelschläge macht und dann wieder ruhig segelt. Er kümmert sich nicht um das Auto. Das ältere Paar im Auto dagegen bemerkt den Vogel sehr wohl.

„Guck mal," sagt sie und deutet mit einer Kopfbewegung nach oben, wo der Vogel gerade zum Überholen ansetzt, „ein Falke, der sucht eine Maus zum Frühstück."

Sie, eine Rentnerin, für die das Wort rüstig noch verfrüht erscheint, sitzt am Steuer eines gepflegten Mercedes älteren Typs. Ihr Seidenhalstuch macht ihr Spaß, es flattert so heftig im Fahrtwind, dass sie seine Zipfel im Rückspiegel tanzen sieht. Obwohl sie Wert darauf legt, als umsichtige Autofahrerin zu gelten, riskiert sie gelegentliche Blicke in die Runde oder nach oben, eben dorthin ins Himmelsblau, wo der Vogel jetzt eine Rechtskurve segelt und sich über ein Maisfeld entfernt.

Er, seit 43 Jahren ihr Beifahrer, reckt den Hals und sucht den Himmel ab, unlustig wie einer, der doch nur Hagel erwartet.

„Falken wollen was Größeres als Mäuse," sagt er verdrießlich, „sie suchen nach... nach... Wie heißen die doch gleich? So ähnlich wie Siebenschläfer. Aber die ich meine, leben draußen. Siebenschläfer leben auf Dachböden, aber diese anderen... Waren das nun Baumschläfer? Oder Gartenschläfer?"

„Klingt beides komisch," findet sie.

„Gibt´s aber," beharrt er und wiederholt: „Siebenschläfer – das sind diese Poltergeister auf dem Speicher. Haben wir doch auch schon erlebt! Erinnerst du dich: damals im Bergell, in diesem Häuschen, das wir gemietet hatten."

„Da haben wir solche Schläfer gesehen?" zweifelt sie.

„Die kann man nicht sehen, die hört man. Damals haben sie uns mit ihrem Gepolter über unserer Zimmerdecke geärgert, die wohnten im Spitzboden – das musst du doch erinnern. Gerade du! Du konntest kaum schlafen wegen der Polterei und wolltest in eine andere Pension umziehen."

„Im Bergell waren wir ewig nicht, ich hab das vergessen. Aber wieso die Schläfer heißen, wenn sie doch nachts wach sind und rumpoltern? Ist doch unlogisch."

„Sie heißen Siebenschläfer! Und sind nachtaktiv. Aber zur Familie der Schläfer gehören auch..."

„...die Bergmanns!" Sie kichert und wiederholt: „Zur Familie der Schläfer gehören auch die Bergmanns." Sie kichert noch einmal: „Die sind auch nachtaktiv und schlafen am Tage."

Er bleibt aber ganz ungerührt von ihren Assoziationen. „Zur Familie der Schläfer gehören außer den Siebenschläfern auch noch die... Ich bin mir im Moment nicht ganz sicher - heißen sie nun: Baumschläfer oder Gartenschläfer? Warte mal, wie war das denn? Sie werden, glaub ich, auch..."

Sie prustet vor Lachen: „Du, wenn die Bergmanns Gartenschläfer wären – oder nein, noch besser: Baumschläfer! Das wär was! Dann würden wir sie immer bis um zwölf Uhr mittags in den Bäumen hängen sehen."

Er hört jedoch auf ihre Witze gar nicht und grübelt laut vor sich hin: „Sie werden auch Bilche genannt. Bilche! Ja! Das ist der Gruppenbegriff für diese verschiedenen Schläfertypen."

„Gibt es auch Langschläfer darunter?" kräht sie ungezogen dazwischen und denkt wieder an die Nachbarn, die meist erst gegen Mittag aus den Federn kommen.

In ihrem Mann ist aber gerade wieder der Biologielehrer erwacht, der er bis zu seiner Pensionierung gewesen ist: „Jetzt fällt es mir wieder ein, der zoologische Name heißt gliridae. Diese Art ist geschützt. Sie heißen Schläfer, weil sie bis zu sieben Monate lang Winterschlaf halten. Eine andere Bezeichnung ist auch Schlafmaus..."

„Also doch Maus! Ich sagte doch: der Falke sucht ´ne Maus. Da hatte ich also vollkommen recht."

„Hattest du nicht! Mäuse halten keinen Winterschlaf. Sie können auch fortlaufend Nachwuchs produzieren, während die Schläfer nur einmal jährlich Junge kriegen. Die Gartenschläfer sind auch viel größer als Mäuse..."

„Es gibt noch ganz andere Schläfer," wirft sie ein, diesmal ohne Kichern.

Er wendet ihr in vielen kleinen Rucken sein Gesicht zu und schaut sie erstaunt an: „Noch andere? Welche denn ?" fragt er interessiert.

Sie antwortet nicht gleich, weil sie einen Traktor überholen will und sich darauf konzentrieren muss. Aber dann sagt sie:

„Terroristen, die unerkannt irgendwo als harmlose Bürger leben, bis sie dann ihren Überfall fertig geplant haben. Die nennt man auch Schläfer. Weißt du - so Leute, die auf Bahnhöfen Taschen mit Sprengstoff abstellen."

„Aber wir reden hier doch von Tieren," sagt er unwillig.

„Du redest von Tieren," kontert sie. "Ich rede von Menschen. Gestern – hast du das nicht mitgekriegt ? - hat Frau Bergmann am Vormittag um halb zwölf den Fensterladen aufgemacht, und da war sie noch im Schlafanzug. Für die reicht das Wort Siebenschläfer gar nicht aus. Gibt es eigentlich auch Hundertschläfer?" Sie lacht.

„Sei nicht albern," sagt er und schweigt indigniert.

Die Straße ist leer, und sie kann wieder flott fahren. Vergnügt sieht sie im Rückspiegel die Zipfel ihres Kopftuches zappeln. Er braucht sie gar nicht anzuschauen um zu wissen, was ihr gerade Spaß macht. Das Hinwenden zu ihr spart er sich diesmal, es tut nämlich im Bereich seiner Halswirbelsäule weh. Er ist verdrossen.

„Man sollte nicht glauben, dass du siebzig bist, so kindisch wie du daherredest."

„Aha, ich bin kindisch, nur weil mich diese Viecher nicht interessieren?"

„Die sind aber mein Interessenfeld, und das weißt du, seit du mich kennst." Bei dem Wort *mein* schlägt er energisch auf die Sitzkante und erwischt die Türkurbel dabei. Das tut weh. Durch das schlagartig um eine Handbreit geöffnete Seitenfenster entsteht für einen Moment ein starker Wirbelwind im Innenraum. Er reibt mit der linken Hand die schmerzende rechte.

„Mach das Fenster zu," sagt sie barsch.

Er gehorcht. „Du hast dich nie für das interessiert, was ich mache," sagt er.

„Weil du immer diese langen Predigten hältst über deine Lieblingsthemen. Das hast du schon als junger Mann gemacht. Das kriegt man satt. Nicht umsonst sind Lehrer deswegen so unbeliebt."

„Und du? Du regst dich immer wieder neu über die Bergmanns auf. Ist das vielleicht unterhaltsam für mich? Die sind seit dreißig Jahren unsere Nachbarn. Das Thema ist längst abgenutzt. Da red´ ich doch lieber über interessante Tierarten als dauernd zu registrieren, wann die Nachbarn morgens aus den Federn kommen."

Sie schweigt und blickt ärgerlich nach vorn. Ihr fällt keine passende Erwiderung ein. Und das gibt ihm die Chance, noch einmal zurückzugreifen:

„Von wegen unbeliebt! Lehrer sind unbeliebt? Und was ist mit Kessmann? Und mit Max Enghorn? Ha? Die waren vor... " - er rechnet kurz nach - „vor achtzehn, neunzehn Jahren meine Schüler, und sie kommen noch heute jedes Jahr vorbei zu meinem Geburtstag. Und du sagst, ich wär unbeliebt gewesen."

„Ich hab nicht gesagt, dass du unbeliebt warst, sondern dass Lehrer, die immerzu über irgend ein Lieblingsthema dozieren, unbeliebt sind."

Er ist indessen noch immer mit dem Aufbau seiner Verteidigung beschäftigt: „Und denk mal an Ruth Marbach. Die war mitsamt Familie da, um mich zu besuchen. Unbeliebte Lehrer werden nicht jahrzehntelang von ehemaligen Schülern besucht."

„Die Marbach besucht ihre Eltern ein paar Häuser weiter, da braucht es keine große Verehrung, um bei so einer Gelegenheit auch bei einem alt gewordenen Lehrer mal vorbeizuschauen."

„Ja, ja! Mach nur alles schlecht und klein. Das war schon immer deine Waffe!"

„Und was für eine Waffe ist das, wenn du an den Abenden, wenn meine Chorfrauen kommen, immer abhaust?"

„Das ist doch ganz was anderes."

„Warum ist das was anderes? Die kommen zu mir, genau wie deine Marbachs zu dir kommen. Ich mach den Marbachs Kaffee und bring den Kindern ´ne Cola und unterhalte mich freundlich mit ihnen. Aber dich haben meine Freundinnen noch nie gesehen, weil du immer abhaust, noch bevor sie kommen."

„Ich bin eben rücksichtsvoll."

„Rücksichtsvoll? Soll ich also auch lieber verschwinden, wenn ein früherer Schüler von dir auftaucht?"

„Nein. Aber der Chor – das sind doch alles Weiberleute..."

„Das wird ja immer schöner! Du redest von Frauen wie von Aussätzigen!"

„So´n Unsinn! Du musst doch zugeben, dass so eine - so eine ..."

„Ja, sag´s nur: so eine Ziegenherde..."

„Leg mir keine Worte in den Mund! Hab ich nicht gesagt. So eine Schar von Frauen wollte ich sagen..." Er stockt.

„Ja? Weiter?" bohrt sie nach und lenkt den Wagen, nun ganz langsam fahrend, die Serpentine zu ihrem Dorf hinauf.

„Jetzt hab ich den Faden verloren," sagt er finster und setzt hinzu: „Ist ja auch kein Wunder, so wie du mich unter Druck setzt."

„Ich setze dich unter Druck? Da hört sich ja alles auf!"

„Achtung da vorne! Der Neumann! Da - aus der Scheune!"

„Seh ich doch," sagt sie und hält auf der engen Dorfstraße an, um dem Bauern die Vorfahrt zu lassen. Während der dankend nickt und davonfährt, taucht eine lächelnde Frau neben dem Wagen auf. Es ist Frau Bergmann, die einen Korb voll Nüsse am Arm hat. Unmöglich, jetzt einfach wegzufahren. Er dreht das Fenster runter, man begrüßt sich freundlich.

„Die sind ja ganz schwarz," sagt er und deutet auf die Nüsse.

„Ja, der viele Regen," antwortet Frau Bergmann, „keiner liest sie auf. Da hab ich mir gedacht, heut ist es schön, da ich hol sie mal, bevor sie schimmeln. Und Sie? Haben Sie einen schönen Ausflug gemacht bei diesem herrlichen Wetter? Man ist richtig dankbar, wenn der Himmel endlich mal wieder blau ist, stimmt`s?"

„So ist es!" nickt er und lächelt verbindlich.

„Ja, nicht wahr!" sagt auch seine Frau, dreht den Schlüssel im Zündschloss und beugt sich über das Steuer, um Frau Bergmann besser ins Gesicht sehen zu können:

„Da haben Sie recht," sagt sie, „so einen schönen Tag, den muss man nutzen."

Sie nickt ihr abschließend zu und lässt den Motor wieder an. Frau Bergmann tritt einen Schritt zurück, hebt winkend die Hand und lächelt beide noch einmal an, bevor sie sich zum Gehen abwendet:

„Also – ade," sagt sie, „und weiterhin einen schönen Tag!" Das Auto rollt die Dorfstraße entlang und biegt rechts ein.

„Vielleicht solltest du auch mal länger schlafen," sagt er. „Die Bergmann ist jedenfalls ausgeschlafen und hat gute Laune."

„Ich bin doch kein Siebenschläfer, " sagt sie.

„Klar," sagt er, „du bist ja auch nicht nachtaktiv. Du polterst am Tage."

Die Balkonbirke

Wir hatten geheiratet. Kein großes Fest. Nur Eltern und ein paar gute Freunde hatten mit uns gefeiert, und niemand hatte uns als Spinner empfunden, weil wir mit dem Tandem zur Kirche fuhren. Ja, so war es! Ich im schwarzen Anzug und Lisa in Weiß mit flatterndem Schleier auf dem Doppelfahrrad.

Fahrradfahren ist eben ganz und gar unser Ding.

Während des Studiums ergab es sich, dass ich auf dem Wendeplatz vor meinem Elternhaus Kinder an ihren Rädern rumbasteln ließ. Zuerst waren das nur die Nachbarskinder, die Hilfe beim Flicken ihrer Schläuche brauchten oder irgendwas schrauben mussten. Ich hatte die richtigen Werkzeuge und zeigte ihnen, wie's geht. Die Schar wurde immer größer, die Sache sprach sich rum. Später kamen auch Halbwüchsige dazu, die allmählich zu bewegen waren, ihrerseits den jüngeren Kindern Hilfe zu geben. Sowas machte allen Spaß, und meine Eltern störte der wachsende Betrieb vor dem Haus nicht allzu sehr.

Lisa und ich hatten viele Ausflüge auf dem Doppelfahrrad gemacht. Warum also nicht auch auf so einem Umwelt schonenden Ding zum Standesamt und zur Kirche fahren?

Unsere Ehe begann in einer Einzimmerwohnung in der Nähe der Uni. Klein, aber mit Balkon. Dessen Fliesen waren teilweise locker. Da hatte ein schmaler Birkenspross seine Wurzeln drunter. Er hatte bereits zarte Blätter entwickelt, als wir zum ersten Mal auf dem Balkon frühstückten.
Der Vermieter hatte uns von vornherein gesagt, dass er vorerst zu keinerlei Renovierung bereit sei – wir sollten das selbst in die Hand nehmen. Das war ja auch in Ordnung, was das Streichen der Wände anging. Auch einen uralten Wasserhahn hatte ich stillschweigend ersetzt und den Klositz erneuert. Aber einen ganzen Balkonboden... Das konnten wir uns gar nicht leisten. Mal ehrlich: Wir wollten das auch gar nicht. Die kleine Birke, die mit den wenigen Mörtelstäubchen vorlieb nahm, die sie unter den Fliesen erreichen konnte, rührte an unser Herz, sie wurde unsere Genossin. Im Herbst fegte der Wind ihre Blätter Gott weiß wohin, im Winter stand sie im dicken Schnee, und im Frühjahr beobachteten wir sie bang, ob sie trotz alledem nochmal grün werden würde.
Sie wurde.

Nicht nur, dass sie ihre Knospen öffnete und unglaublich zartes Laub entfaltete – sie entrang ihrem kargen Standort sogar neue Zweiglein. Wir sahen zu und staunten über soviel Lebenswillen.

Im Frühsommer war ich mit dem Studium fertig. Lisa war bereit, ihre Arbeitsstelle als Zahntechnikerin zu kündigen und mit mir nach Süddeutschland zu ziehen, wo ich eine Stellung als Mechatroniker gefunden hatte. Dort konnten wir uns in einem Dörfchen bereits eine Drei-Raum-Wohnung leisten. Als wir unsere Siebensachen für den Umzug gepackt hatten, beguckten wir wehmütig die kleine Birke, die inzwischen schon wie ein richtiges kleines Bäumchen aussah.

„Ich wollte, wir könnten sie mitnehmen," sagte Lisa traurig.

„Der nächste Mieter wird sie als Unkraut ansehen und rausreißen," befürchtete ich.

Ich hob eine der Fliesen hoch und besah das feine Netz des Wurzelwerks darunter. Nicht mehr als zwei oder drei der wackeligen Kacheln musste ich hochnehmen, um die Pflanze heil rauszukriegen. Unmittelbar vor unserer Abfahrt besorgte Lisa einen passenden Topf mit Erde, und ich holte aus dem Baumarkt die kleinste Menge Fliesenkleber, die es gab. Wir hoben die Fliesen und befreiten unser Birklein aus dem Mörtel, es stand ein wenig schief in der Erde des Transportgefäßes. Und weil auch die kleinste Menge Kleber viel zu groß für nur drei Fliesen war, klebte ich nun doch noch schnell all die anderen lockeren fest.

Dann drängte die Zeit.

Wir mussten mit unserem Miettransporter fast 500 Kilometer bis zu unserm neuen Wohnort fahren. Leider hatte Lisa unsere Handbürste schon längst in einen der vielen Kartons versenkt, und so kam es, dass ich uns mit Fliesenkleber an den Händen nach Hausheim steuerte, ein Schwarzwalddorf, durch welches ein Flüsschen mit Namen Wiese fließt.

Wohin nun mit der kleinen Birke? Wir hatten ja keinen Balkon mehr, und sie irgendwo am Waldrand zu pflanzen, widerstrebte uns. Lisa besorgte einen größeren Topf und Humuserde und fragte die Bauersleute, die unsere Mietherren waren, ob wir vorläufig einenTopf in einer Ecke ihres Gartens abstellen dürften. Die Bäuerin nickte freundlich. Als sie dann jedoch sah, dass es sich um einen simplen Birkenspross handelte, spielte sich auf ihrem Gesicht ein ganzer Film ab. Sie schwieg aber, und wir sagten auch nichts. Vermutlich hatte sie eine jener exotisch blühenden Gewächshaus-Schönheiten erwartet, die man im Sommer in einer geschützten Stelle im

Freien halten und im Frühherbst schon ins Glashaus oder auf die Fensterbank stellen muss.

Ich begann meine Berufsarbeit in einer größeren Autowerkstatt. Die wenigen Kilometer dorthin fuhr ich drei Jahre lang winters wie sommers selbstverständlich mit dem Fahrrad. In dieser Zeit wurde unser erstes Kind geboren, ein Mädchen, das wir Marie tauften und das Lisas schwarze Kulleraugen hatte. Als die Gemeinde am Fluss ein großes Stück Bauernland aufkaufte und als Siedlungsgebiet auswies, war Lisa wiederum schwanger.

Mein Vater rechnete mir bei einem seiner Besuche vor, wie viel Miete wir bisher schon bezahlt hatten und dass die Wohnung bei den netten Bauersleuten bald zu klein sein würde, besonders da wir ja insgesamt drei Kinder haben wollten.
„Wenn Mutter und ich dir nur die Hälfte unseres Ersparten geben," sagte mein Vater, „und du ein Darlehen nach dem „Junge-Familien-Gesetz" beantragst, dann haut euch eine ergänzende Hypothek bei den derzeitig niedrigen Zinssätzen auch nicht um."

Mein Vater, Lisa und ich schritten bei diesem Gespräch am Flüßchen Wiese entlang und beguckten die ersten Ausschachtungsarbeiten für die Reihenhaussiedlung, die da auf einer großen Brachfläche entstand. Damals war mein Vater stark und gesund, er konnte unsere Tochter Marie noch auf den Schultern tragen. Sie hatte gerade laufen gelernt, fand aber das Reiten auf dem Opa viel schöner. Um es kurz zu machen: Dieser Spaziergang hatte weitreichende Folgen.

Schon im nächsten Frühsommer zogen wir, jetzt schon mit zwei Kindern, in unser eigenes Haus ein. Bei Dauerregen trugen wir unsere Möbel über Bretter, die den Matsch des Bauschuttes überbrückten und zum Hauseingang führten. Der war noch ohne Tür. Es regnete ins Vorhaus rein, aber mein Vater hielt mir begeistert vor, welche großen Summen an Miete wir durch den vorzeitigen Einzug sparten. Dieses Geld sollte ich besser in Zins und Tilgung stecken als in Mietzahlungen. Überdies könne man nun laufend am Feierabend viele Arbeiten nebenbei und sehr leicht selber fertigstellen. Man – das war ich.

Wir brauchten noch längere Zeit die Bretterbrücken über den Matsch. Im Haus zog es entsetzlich, und Paul, unser neugeborener Sohn, schrie ausdauernd von morgens bis abends. Immerhin hatte auch er die hübschen schwarzen Kulleraugen seiner Mutter geerbt. Neben meiner Werkstattarbeit gelang es mir, wenigstens die Bodenplatten zum Hauseingang zu legen. An sämtlichen Sonntagen der nächsten Monate stand ich im bekleckerten Hemd da, strich Fenster, tapezierte, verlegte Parkett, während fein angezogene Leute zur Kirche gingen. Ich war zum Sabbath-Schänder geworden. Dafür schien Klein-Paulchen kein Verständnis zu haben. Er brüllte, was das Zeug hielt. Ehrlich gesagt, war ich am Montagmorgen immer erleichtert, wenn ich für acht Arbeitsstunden dem Matsch, Durchzug und Babygeschrei entgehen konnte. Lisa kam zum Glück mit alledem fabelhaft zurecht. Eines Tages, als ich von der Arbeit heimkam, waren zwei erstaunliche Dinge passiert. Zum einen hatte der Schreiner inzwischen die Haustür eingesetzt, und zweitens sah ich aus meinem Fenster, dass Lisa unsere kleine Birke mitten in das noch wüste Gartengelände eingepflanzt hatte. Söhnlein Paul brüllte weiterhin dauerhaft wie am Spieß, obwohl die Kinderärzte versicherten, er sei gesund und gedeihe prächtig.

In meiner Freizeit beschäftigte ich mich weiterhin mit den notwendigen Ergänzungs- und Fertigstellungsarbeiten im Haus: Fußböden, Anstrich, Kellerausbau. Die von der Fahrradbastelei übrig gebliebenen Räder und Rahmenteile hängte ich in säuberlicher Reihung unterm Dachüberstand auf. Eine Wiederbelebung meiner Reparatur-Initiative für Jugendliche verbot sich natürlich, denn für mich war das Leben jetzt ernst und die Zeit knapp geworden. Mein Vater kam zu manchen Arbeitseinsätzen an den Wochenenden angereist. Das war prima, denn zu zweit ging alles schneller, und als mein Vater mir sogar das Geld für die Gartengestaltung schenkte, wurde es auch außen ums Haus herum ordentlich. Paulchens Protestgeschrei wurde von Monat zu Monat weniger. Als er laufen lernte, tapste er – wie zu einer Begrüßung – als erstes auf die Birke zu, die nun gar nicht mehr klein, sondern bereits eindeutig ein Minibaum war. Dem Gärtner war diese Birke allerdings ein Ärgernis. Sie nehme den zentralen Punkt im Garten ein, sagte er, und sie wachse dort zu einem unliebsamen Schattenbaum und Samenstreuer heran. Da in die Mitte sollten schöne Rabatten hin. Und obwohl der Mann bisher wegen seiner guten Arbeit das Wohlwollen meiner Frau genossen hatte, war er jetzt mit seiner harschen Missachtung der familienhistorisch bedeutsamen Birke bei ihr unten durch. Ich konnte das verstehen, aber der Gärtner hatte eben auch nicht ganz unrecht - der Baum stand einfach am falschen Platz. Es gelang mir, Lisa davon zu überzeugen, dass unser Birkenliebling auch an der Zaunseite ein gute Figur machen würde. „Man pflanzt keine Birken im Garten an, man rottet sie aus, wenn solche Sämlinge wie Unkraut auftauchen," murmelte unser Gartenhelfer finster, versetzte dann aber doch das Bäumchen an die bezeichnete Stelle, wenn auch mit Widerwillen. Lisa war erneut schwanger, und wir freuten uns auf unser drittes und letztes Kind.

Im Herbst befestigten mein Vater und ich in einer Ferienaktion die Gartenwege mit Steinplatten. Das Anheben der Platten fiel ihm da schon viel schwerer als im Vorjahr und noch schwerer im nächsten Frühjahr. Er alterte sichtbar. Das Beet mit den blauen Storchschnäbeln blühte bereits, und den Rasen hatte ich schon unzählige Male gemäht. Die Birke war nun so groß wie ich. Und was der Gärtner prophezeit hatte, trat ein: die Birkensamen waren überall, sie verstopften Ritzen, landeten auf Fensterbänken und bildeten einen Film auf dem Regenfass. Ich versuchte unauffällig, durch häufiges Kehren die Sache zu minimieren. Eines Tages entdeckte ich, dass Lisa heimlich dasselbe tat. Geredet wurde darüber nicht. Paulchen jedoch kannte kein Tabu, er las die winzigen harten Samenplättchen auf, zeigte sie uns und sagte: „Vonna Beeke."

In dem Jahr, als Marie in die Schule und Paul in den Kindergarten kamen, wurde ihr Bruder Timo geboren. Der Garten um Schule und Kindergarten herum war groß, schön und naturnah gestaltet. Da waren freie Spielflächen, auch Busch- und Baumgruppen mit lauschigen Sitzecken und Klettergeräten. Es mangelte auch nicht an kleinen unbepflanzten Ecken, in denen die Eichhörnchen ihren Wintervorrat vergruben. Meine Frau deutete auf so ein sandiges Plätzchen und sagte beiläufig: „Da könnte ich mir gut eine Birke vorstellen." In diesem Moment fing Klein-Timo im Kinderwagen, den ich schob, zu schreien an. Ich steckte ihm schnell den verrutschten Schnuller in den Mund, und er saugte erfreut und heftig daran. Lisas Bemerkung gab mir zu denken. Hatte sie etwa unsere Birke gemeint? Ich kam aber nicht dazu, sie zu fragen, weil sich eine Frau zu uns gesellte, deren Tochter in der gleichen Schulklasse war wie unsere Marie. Gegen Abend beobachtete ich meine bessere Hälfte im Garten. Sie stand versonnen vor unserer schlanken Birke, die ihr bereits über den Kopf gewachsen war. Es sah aus, als rede sie mit ihr. Nachdem die Kinder im Bett waren, sagte Lisa plötzlich und unvermittelt: „Wenn wir sie nochmal umpflanzen wollen, dann müsste es bald sein. Sonst brauchen wir einen Kran."

„Du meinst den Schulgarten, nicht wahr?" sagte ich, denn ich war ja schließlich nicht auf den Kopf gefallen und konnte eins und eins zusammenzählen.

Sie nickte seufzend. „Das können wir aber erst im Herbst machen, jetzt ist es noch zu warm."

„Und wir müssen vorher in der Schule fragen, ob wir das dürfen," wandte ich ein.

Bei der herbstlichen Umpflanzaktion kam mein Vater zur Hilfe, obwohl seine Kräfte sichtbar abgenommen hatten und unsere Lieblingsbirke schon recht schwer geworden war. Auch später zur Taufe von Isa war er noch bei uns und schob sogar ihren Kinderwagen, was er allerdings dann später, nach Emmas Geburt, nicht mehr schaffte. Da ging er schon sehr gebeugt, denn er hatte eine böse Krankheit.

Wir hatten nun unser geplantes Kinderbudget deutlich überschritten, sie sollten drei sein, waren aber jetzt fünf. Sowas soll ja vorkommen. Aber natürlich machten uns alle Freude. Na ja, sagen wir - meistens jedenfalls. Und Jahre später wurde allmählich ganz klar: Ein jedes unserer Kinder hatte eine bestimmte und unentbehrliche Persönlichkeitsfarbe ins Familienbild gebracht. Das wäre unvollständig geblieben, hätten wir nur drei Kinder.

Lange nach meines Vaters Tod kam ich dazu, den Inhalt seines Fotoapparates zu betrachten. Das letzte Foto, das er einst gemacht hatte, zeigte den Fahrradständer auf dem Schulhof, davor Timo mit seinem Rad und Isa mit einem kleinen Kinderrädchen. Und dahinter der schlanke weiße Stamm einer stattlichen Birke, unserer Birke. Und weil wir eine Familie der überzeugten Fahrradfahrer sind, hat die Birke im Laufe der Jahre alle unsere Kinder in diesem

Schulgarten an dem Fahrradständer sehen und ihr Aufwachsen verfolgen können.

Ich glaube, es ist an der Zeit, dass wir mit unsern Kindern jetzt mal nach Norden fahren, um ihnen den Balkon zu zeigen, unter dessen Fliesen sie sich damals so entschlossen festgekrallt hatte. Sie, unsere Balkonbirke, die jetzt einen wundervoll weißen, glatten Stamm hat und ihr zart grün belaubtes Geäst anmutig im Wind schwingt, wenn sie uns grüßt.

Postüberfall

Ja, ich habe ein Postauto überfallen. Ja, da war auch Gewalt mit im Spiel. Nein, auch ich selber hätte mir so etwas nicht zugetraut. Hören Sie mal! Ich bin doch keine Kriminelle! Ich bin fast siebzig und bisher eine unbescholtene Bürgerin. Was heißt denn bisher – ich bin es noch immer. Regen Sie sich doch nicht so auf! Wenn Sie mir mal kurz zuhören wollen, dann erzähl ich Ihnen den Tathergang. Danach können Sie ja immer noch zur Polizei rennen und mich anzeigen. Okay?

Also:
In meinem Alter werden viele Leute etwas schusselig. Sie wissen schon, was ich meine: Man geht in den Keller, und unten weiß man nicht mehr, was man dort eigentlich gewollt hat. Geburtstage vergisst man sowieso, sogar den eigenen würde man total vergessen, wenn die Familie nicht immer so ein Bohei darum machen würde. Mir ist es schon zweimal passiert, dass ich etwas auf den Herd stelle und dann ans Telefon gehe und solange rede, bis es

angebrannt riecht. Quatsch! Doch nicht meine Rede – der Kochtopf natürlich! Aus der Küche kam Qualm. Für die stundenlange Putzerei hinterher hat mich sogar mein Hund bemitleidet. Was ich damit sagen will? Ich will damit sagen, dass es unter solchen Umständen auch nicht überrascht, wenn man konfus wird und versehentlich einen Brief unfrankiert in den Kasten wirft. In meinem Fall war das so ein großer brauner mit Dokumenten drin. Eine eilige Sache: Finanzamt, verstehen Sie? Deshalb wollte ich das Ding am liebsten direkt zum Postamt bringen. Ich war nämlich gar nicht sicher, was für eine Marke da drauf muss. Wie ich da also auf dem Weg zur Post bin, da fährt die Beate mit ihrem neuen E-Bike an mir vorbei. Das will ich natürlich sofort mal begucken. Ist doch ein tolles Stück! Meine Söhne reden mir ständig zu, ich soll mir auch so eines zulegen. Hier geht es ja viel bergauf, ich wohne in Auenfeld, also flussaufwärts, und bei all den Steigungen könnte man schon manchmal ein bissle Anschub gut vertragen.

Aber ich bleibe doch bei der Sache! Das ist kein Abschweifen vom Thema. Ich muss erklären, wie mich Beates E-Bike dazu gebracht hat, den unfrankierten Umschlag aus Versehen in den Kasten zu werfen. Am besten, Sie reden nicht immer dazwischen. Das hält nur auf.

Also weiter: Beim Ausprobieren der Gänge an Beates Fahrrad ist mir der Briefumschlag in der Hand lästig geworden. Außerdem sind wir gerade an der Kreuzung Turmstraße und Schlattholzweg gestanden, da, wo die Deutsche Post den Postkasten noch nicht wegrationalisiert hat. Kurzum: dort hab ich mich des lästigen braunen Couverts entledigt. Plumps, da war es im Kasten! Dass da keine Marke drauf war, hatte ich Schusselkopf schon wieder vergessen. Mal nebenbei bemerkt: es ist ganz schön dreist, wie viele Kästen die Post abgemacht hat. Um einen Brief einzuwerfen, musst du heute eine richtige Wanderung machen, am besten mit Vesperbrot für unterwegs. Meine Nachbarn fahren sogar mit dem Auto zum Briefkasten. Würde ich nie machen, schon aus Umweltgründen nicht. Aber gegen ein E-Bike wär ja nix einzuwenden, finden Sie nicht auch? Saubere Energie!

Wie bitte?

Doch, doch - das gehört sehr wohl zum Tathergang, ich muss das genau schildern, damit Sie sich ein richtiges Bild machen können.

Also weiter:

Wie ich nun mit der Betrachtung von Beates Rad fertig bin, hat sie mich gefragt, wo ich denn hingehe. Zur Post, sag ich - und klick! da fällt mir siedend heiß mein Fehler ein, denn den Brief habe ich soeben in den Kasten geschmissen. Ohne Briefmarke!

„Mensch, der Brief ist brandeilig," hab ich gejault, „ohne Marke wird die Post ihn nicht befördern und mir wieder zurückschicken. Dauert zwei, drei Tage. Und dann nochmal zwei, drei Tage, bis er dann endlich auf dem Amt landet. Das bedeutet, ich überschreite die Frist beim Finanzamt zum dritten Mal, und der Sachbearbeiter dort, der für uns zuständig ist, zerreißt mich in der Luft."

„Nicht schlimm," sagt Beate, „der Briefkasten da drüben wird um drei geleert. Stell dich mit der passenden Marke daneben und kleb sie während der Leerung schnell drauf. Ganz einfach."

Gute Idee! Ich also hin zur Post, beschreibe der freundlichen Schalterdame – da ist eine dunkelhaarige, die ist immer sehr freundlich, die andern kriegen den Mund kaum auf – ich beschreibe der freundlichen also meinen Umschlag und wie viele Blätter da drin sind. Wegen dem Gewicht, weil davon die Frankierung abhängt, verstehen Sie? Ja, auch diese Details gehören dazu, denn ohne diese Marke wär es später nicht zu der Gewalttat gekommen.
Was? Reden Sie doch nicht ewig dazwischen!

Also - einsfünfundvierzig musste auf meinen Brief. Ich hab gleich ein Zehnerblatt für 14 Euro 50 genommen, damit ich einen Vorrat habe und mir nicht noch einmal so ein Malheur passiert. Außerdem kleben die auf dem Zehnerblatt von selbst, verstehen Sie, das Lecken entfällt, so dass ich sie schnell ablösen und aufkleben kann – ich wollte den Postmann da bei der Leerung um drei nicht unnötig aufhalten. Jetzt musste ich mich nur noch pünktlich neben den Briefkasten stellen und auf das gelbe Postauto warten – na ja, so hab ich mir das jedenfalls vorgestellt. Sie ahnen ja nicht, wie anders die Sache dann wirklich abgelaufen ist!

Ich war um drei an der Kreuzung Schlattholzstraße. Zum Glück gibt es da in der Nähe unter einem Baum eine Bank, sonst hätte ich mir die Beine in den Bauch gestanden. Das Postauto kam nämlich weder um drei, auch nicht zehn Minuten später, was ja mal passieren kann, und auch nicht um viertel nach drei. Ich saß auf der Bank und ließ mir die Sonne auf den Nacken scheinen.

Tat gut.

Eine Weile jedenfalls.

Um halb vier hab ich dann angefangen mir auszumalen, ob es nicht doch vielleicht gar nicht so schlimm wäre, wenn ich einfach heimginge und auf die ganze Aktion pfeife. Mir ist natürlich sofort eingefallen, dass ich dann im Finanzamt anrufen müsste und die erneute Verzögerung erklären. Sich wieder mal entschuldigen? Und wenn ich dann wieder an diesen schnöseligen Sachbearbeiter vom letzten Mal gerate? Wieder den Kopf einziehen und mir seine unanfechtbare Standpauke anhören müssen? Nee, lieber spaziere ich noch eine Weile hier neben dem Briefkasten auf und ab, hab ich mir gedacht. Ja, wenn es geregnet hätte, dann sähe die Sache ganz anders aus. In diesem schönen Herbstsonnenschein jedoch an einem ruhigen Ort vor blumenreichen Gärten spazieren zu gehen, ist - wenn man sich das so recht überlegt – einem peinlichen Telefongespräch eindeutig vorzuziehen. Ich hab mir also weiterhin die Zeit vertrieben mit der Beobachtung der Leute in den Gärten dort. Manche haben auf der Terrasse Kaffee getrunken. Andere haben gejätet oder Verblühtes abgeschnitten. So eine Frau, die dabei war, welke Rosenblüten zu entfernen - das mach ich übrigens auch immer, angeblich kostet die Hagebuttenbildung die Pflanze viel Kraft - hab ich gefragt, ob der Postkasten womöglich manchmal schon früher als um drei Uhr geleert wird. Hätte ja sein können, dass ich die Leerung knapp verpasst hätte, denn ich war ja erst ganz kurz vor drei beim Briefkasten angekommen.

Aber die Frau sagte: „Nein, nein, der kommt fast immer mit sehr viel Verspätung."

Aha, hab ich mir da gedacht, deshalb hat der Fahrer vom Firmenwagen Binder & Blech noch um halb vier in völliger Ruhe eine ganze Ladung Geschäftspost in den Kasten geworfen. Der hat gewusst, dass man die angegebene Leerungszeit auf dem Kasten nicht so ernst nehmen muss.

Ein älterer Herr, der sich im Liegestuhl gesonnt hatte, kam an den Zaun. Wir plauderten ein bissel über die Post, und er erzählte mir, sein Vater sei Postmeister gewesen. Damals habe das Briefporto nur zwanzig Pfennige gekostet. „Da!" hat er plötzlich laut gerufen und auf ein Auto hinter mir gedeutet. „Rennen Sie! Das da drüben ist er!"

„Aber das ist ja gar kein Postauto," hab ich gesagt und bin losgejoggt – na ja, was man so bei einer Siebzigjährigen joggen nennt.

Ein ganz gewöhnlicher Mann war da drüben aus einem ganz gewöhnlichen Privatauto gestiegen. Er hatte auch keinen so tollen ledernen Postsack mit Schienen zum Einschieben unter den Briefkasten, wo dann die ganze Briefladung reinplumst.

Während ich noch am Rennen war, sah ich, dass er den Kasteninhalt in einen ganz gewöhnlichen Plastikkorb fallen ließ. So einen habe ich in meiner Waschküche für die Buntwäsche. Ich hab gerufen: „Halt! Warten Sie bitte!" und war etwas außer Atem. Er hob mir abwehrend seine Handfläche entgegen wie ein Verkehrspolizist, der ein Fahrzeug anhält. „Bleiben Sie weg," hat er so laut geschrien, als hätte ich die Beulenpest. Er trug den Wäschekorb mit den Briefen zu seinem Auto. Die Heckklappe stand offen. Da war ich schon neben ihm und sah mehrere Körbe im Kofferraum. Überall Briefe drin. Ich hätte ihm ja gerne manierlich Guten Tag gesagt und mein Anliegen freundlich vorgetragen, aber das ging einfach nicht. Der Mann herrschte mich sofort drohend an:

„Bleiben Sie bitte weg von den Postsachen!"

Und was jetzt kommt, müssen Sie sich alles gleichzeitig vorstellen, so ähnlich, wie im Fernsehen große Explosionen aussehen:

Ich deute auf die Briefe und sage: „Bitte, ich möchte... ich hab aus Versehen..."

Er schreit dazwischen: „Ich darf Ihnen nichts rausgeben..."

Ich will, dass er mich hört, und schreie auch : „Ich will auch gar nichts von Ihnen , ich hab nur ..."

Er, noch lauter: „Mir ist streng verboten, Briefe..."

Ich: „... nur vergessen, eine Marke auf meinen ..."

Er, noch lauter: „.... Briefe anzunehmen oder Briefe rauszugeben..."

Ich brülle nun auch: „Da fehlt nur eine Briefmarke auf einem, den ich schon eingesteckt hatte, ich will nur..."

Er läuft rot an: „Ich sage Ihnen, meine Dienstvorschrift..."

Ich: „...eine Marke auf den braunen Umschlag da kleben."

Er, indem er sich über seinen Kofferraum beugt, brüllt weiter:

„Ich darf Ihnen nix rausgeben."

Ich, jetzt richtig wütend: „Hören Sie doch erstmal, was ich..."

Er fummelt an den Körben rum und schreit unter der Heckklappe hervor: „...Was im Kasten ist, das ist der Deutschen Post übereignet und darf nicht..."

Noch einmal versuche ich es, ihn zu übertönen: „...Ich will doch nur diese Marke dort auf den braunen Umschlag kleben. Geht doch ganz schnell."

Aber es ist ganz sinnlos. Er deklamiert brüllend seine verdammten Dienstanweisungen in verschiedenen Versionen. Da entsteht gar keine Pause, um ein Wort dazwischen zu kriegen. Ich kann mein braunes Couvert sogar sehen! Es steht aufrecht ganz vorn im Plastikkorb. Ich beuge mich jetzt also auch unter die Heckklappe, deute mit dem Finger auf meinen gut sichtbaren Brief und gestikuliere, um ihm klarzumachen, was ich will. Ich glaube, ich habe das auch noch mehrmals wiederholt, aber so laut schreien wie er - das kann ich einfach nicht. Das gibt meine Stimme nicht mehr her, wissen Sie. Früher war das ganz anders. Glauben Sie mir: ich hatte früher eine kräftige Stimme. Ich habe jahrelang im Kirchenchor im Alt mitgesungen. Ach so, ja – wie es nun zu der Gewalttat gekommen ist, wollen Sie wissen.

Also:

Wenn der Mann ja nicht so aus dem Häuschen gewesen wäre, dann hätte er die Briefmarke auf meiner Hand gesehen. Die hatte ich schon längst vom Klebeblatt abgelöst und leicht auf meinen Handrücken gedrückt. Fertig zum Draufkleben. Ich wollte sie ihm unter die Nase halten, damit er sie sieht. Der hat aber nur weiter blindlings rumgebrüllt und seine Post in den Plastikkörben sortiert. Meine hingereckte Hand hat er einfach auf die Seite geschoben.

Da war im Guten wirklich nichts zu machen, das müssen Sie mir glauben. Er hat sich nur weiter an seinen Körben zu schaffen gemacht und Abwehr demonstriert. Ich hab Angst gehabt, dass er die Klappe zumacht, nicht seine Klappe, die Autoklappe meine ich, und wegfährt, ohne auch nur kapiert zu haben, was ich wollte. Dann wär mein langes Warten

– alles in allem eine gute Stunde, das muss man sich mal vorstellen - völlig umsonst gewesen. Und ich hätte nach alledem doch noch mit dem Finanzbeamten reden und vor ihm katzbuckeln müssen. Diese Aussicht hat wie ein Düsenantrieb bei mir gewirkt, wie eine Rakete! Da muss es passiert sein, dass ich die Kontrolle verloren habe. Halten Sie mal eine Rakete beim Countdown an, das sieht man doch immer im Fernsehen – geht doch gar nicht! Ich stehe also ganz dicht neben dem unfreundlichen Kerl, und mein brauner Umschlag ist zum Greifen nah. Da hab ich den Mann weggestoßen – natürlich nicht mit den Händen, die hab ich ja für den Brief gebraucht. Nein, ich hab ihn mit Hüfte und Schulter kräftig zur Seite geschubst, ungefähr so, wie ich meine Tochter anschubse, wenn sie mir in der Küche was erzählt und dabei vor genau derjenigen Schublade steht, wo ich gerade dran muss. Die schubse ich natürlich nicht so doll, nur symbolisch und ganz sanft, damit ich den Fluss ihrer Rede nicht mit unnötigen Aufforderungen unterbrechen muss. Außerdem: anders als dieser Mann kapiert sie immer sofort, worauf ich hinaus will. Aber da am Auto – da bin ich überhaupt nicht sanft gewesen. Ich musste den widerborstigen Postmann ja ein Stück weit wegkriegen. Der Stoß hat ihn völlig überrascht, und er ist gerade so weit weggeflogen, dass ich meinen Brief grabschen und die Marke draufdrücken konnte.

Da war aber Schluss mit den Dienstanweisungen, das können Sie mir glauben! Der Mann hat beim Wegtaumeln noch irgend einen Schrei ausgestoßen, ich weiß nicht mehr, ob aua oder he, was soll das – ja, ich glaube, er hat gerufen: He, was soll das? Aber dann hat er sich gerappelt, und endlich - endlich war er ruhig. Und ich konnte ganz freundlich zu ihm sagen:

„Das ist schon alles, nur ´ne Marke wollte ich draufkleben. Hätten wir einfacher haben können, wenn Sie mir mal kurz zugehört hätten."

Was dann passiert ist?
Na, nichts. Der ist eingestiegen und weggefahren. Die Leute am Gartenzaun haben gerufen:

„Unerhört, was die Post sich heutzutage so alles rausnimmt!"

Stimmt ja gar nicht!
Wenn sich hier jemand was rausgenommen hat, dann bin ich das gewesen: mein Couvert nämlich. Und es war auch nicht wirklich die Deutsche Post, sondern – wie gesagt – ein ganz gewöhnlicher Mann mit einem ganz gewöhnlichen Auto.

Auf dem Heimweg hab ich mich gefragt:

Hat der Mann vielleicht bei der Post einen 400-Euro-Job? Vielleicht ist er ein Arbeitsloser, der diesen Job nicht auch noch verlieren will? Der peinlich jeden Fehler vermeiden möchte?

Das könnte alles erklären.

Es wäre sogar verständlich.

In so einem Fall können schon mal die Dienstanweisungen zum verzweifelten Gebet werden, finden Sie nicht auch?

Und damit es Gott auch wirklich hört – schön laut brüllen!

Blau – Rot - Gelb

Ach du liebe Güte!

An das Management einer Patchworkfamilie hatten sie beide nicht gedacht, als sie sich, spät aber doch noch, in einander verliebt hatten. Jetzt waren Volker und Marie bei den Konsequenzen ihrer Liebe angekommen, der Kehrseite ihrer Romanze.

Sie zogen in ein Reihenhaus. Natürlich ordentlich verheiratet, wie sich das gehört. Unüblich war nur, dass der Kindersegen, der sich im Laufe der Jahre nach Hochzeiten zart und niedlich einzustellen pflegt, bei ihnen bereits längst vorhanden und keineswegs niedlich war.

Wer diese Familienkombination von fünf Söhnen im Alter von zwölf bis sechzehn Jahren beim Einzug in das neue Gehäuse beobachtete, musste sie allesamt für Rüpel halten. Mit lautem Gebrüll und gegenseitigem Kicken und Schubsen trugen sie ins Haus, was der Umzugswagen ausspuckte: Kartons, Korbsessel, Kästen und Koffer. Manchmal fiel ihnen etwas aus den Händen, und man konnte von Glück sagen, wenn es nichts Zerbrechliches war. Für die schweren Kisten und Möbel waren zum Glück die Umzugsmänner zuständig.

Volker und Marie waren froh darüber, dass dieses Haus jedem von ihnen ein eigenes Zimmerchen bot. Das ersparte schon mal viel Nahkampfgetümmel unter den zwei Sorten von Söhnen. Was sonst noch beim Eingewöhnen zu befrieden war, wollte das neu zuammengestellte Elternpaar mit demokratischen Regeln so leidlich ordnen. Es würde eine faire Verteilung der Hausarbeiten geben, und in einem wöchentlichen Treffen, das „Runder Tisch" heißen sollte, würde jedes Familienmitglied bei Beschlüssen mit abstimmen können. Familiendemokratie eben. Volker und Marie waren sich bei diesem Experiment völlig klar darüber, wie sehr ihr eigenes ruhevolles und unerschütterliches Vorbild zur Harmonie beitragen würde. Man wird sich Mühe geben müssen, das war klar.

Sie lieferten auch gleich zu Anfang des Experiments ein ethisch wertvolles Beispiel in der Art und Weise, wie sie ruhevoll und unerschütterlich das nun dringend notwendige Geschirr einkauften. Im Laden waren sich die Eheleute sofort einig darüber, dass es ein rustikales Friesengeschirr sein sollte. Das versprach die notwendige Stabilität auch dann, wenn es zwischen den Jungs mal – nun ja, sagen wir: etwas hoch hergehen sollte. Außerdem sah es so gemütlich aus mit seinen bauchigen Formen. Was den Geschirrtyp betraf, so waren die frisch Verheirateten auf Anhieb derselben Meinung. Bei der Farbauswahl allerdings lagen ihre Vorlieben weit auseinander: Die Marke „Friesengeschirr" gab es in drei Farben. Sie schwärmte für das rote Service, er fand das blaue schön, weil es innen so schlicht weiß war. Daneben gab es die gleiche Form auch in einem dunklen Gelbton, den man fast als ein sehr helles Braun bezeichnen konnte. Megascheusslich, fanden beide und wandten sich den beiden anderen Regalen zu. Lange standen sie davor, artig und rücksichtsvoll argumentierend. Volker versuchte Marie für die Fröhlichkeit und Frische des keramischen Blautons zu begeistern. Sie stimmte zwar zu, sah aber einen Nachteil darin, dass dieses Blau nicht durchgängig war, sondern durch die weiße Innen-Engobe unterbrochen wurde. Das rote Service war, so gab sie zu bedenken, konsequenter in der Farbgebung, es war innen und außen gleichmäßig in diesem warmen Dunkelrot gestaltet. Einfach herzerwärmend! Volker nickte zustimmend und beteuerte, er könne Maries Standpunkt durchaus nachfühlen. Aber habe das Rot nicht auch gleichzeitig etwas sehr Stimulierendes an sich? Etwas, dass vielleicht den brausenden Übermut ihrer Sprösslinge geradezu aufreizen würde? Das Blau sei heiter, beruhigend und freundlich. Ja schon, räumte Marie ein, aber das Weiß daran störe sie ein wenig. Wenn die Teile gleichmäßig blau wären – ja dann wäre sie mit ihrer Meinung ganz bei Volker, so aber... Das rote Geschirr sei ja auch sehr freundlich, gab Volker unumwunden zu, der Farbton habe Tiefe, sei fast ein wenig feierlich. Nachdem beide zäh aber höflich für das eine oder das andere plädiert hatten, gab es einen Moment der Stille, in dem beide in sich gingen, während sie auf Teller und Tassen schauten. Insgeheim hatten sie den gleichen Gedanken, nämlich: Was würden die Jungs sagen, wenn sie erführen, dass ihre Vorbilder über die Farbe uneinig geblieben waren? Dass für einen der beiden Eheleuten die getroffene Wahl ein Zugeständnis, also eine Niederlage gewesen war? Das würde sofort zu parteiischen Vorurteilen führen. Das Bild ihrer unerschütterlichen Einigkeit wäre zerstört. Endlose Diskussionen würden die Jungs darüber führen. Die hielten ja noch immer sehr parteiisch zu ihrer leiblichen Mutter, ihrem leiblichen Vater, und sie würden ihr Vorurteil auf das Geschirr übertragen. Wie nun? Nachgeben? So tun, als wäre die Wahl eine gemeinsame gewesen? Und wer sollte nun nachgeben – die blaue oder die rote Partei? Friedenstiften schien ziemlich schwierig zu sein unter solchen Umständen.

Marie wendete sich mit einem unterdrückten Seufzer dem Regalteil zu, in dem das gelbe Service aufgebaut war. Sie fasste es – freilich mit einiger

Verdrossenheit - zum ersten Mal ernsthaft ins Auge. Volker trat hinter sie, legte die Hände auf ihre Schultern und sagte in einem wunderbar beruhigenden Ton: „Eigentlich ein schöner, satter Gelbton."

„Hm," brummte sie, was er als Zustimmung nahm.

„Und es passt besser zu der rustikalen Tassenform, als die eher elegante blaue oder die rote Farbe," schob er - fast einladend - ein weiteres Argument nach.

„Ja, ein sanftes Gelb. Unauffällig." Sie nagte an der Unterlippe.

„Genau! Es zieht die Blicke nicht so auf sich wie das rote Service," verstärkte er.

„Und es hat keine weißen Innenflächen!" Diese Ergänzung mochte sie nicht unter der Tisch fallen lassen.

„Warum wir nur das gelbe so links liegen gelassen haben?" wunderte er sich. Dass diese Frage nur rhetorische Bedeutung hatte, lag auf der Hand.

„Also," Volkers Ton wurde zuversichtlich, „heißt das, wir können uns auf das gelbe einigen?" Volker lächelte Marie an, die sich ihrerseits um einen positiven Gesichtsausdruck bemühte.

„Ja," sagte sie und vermied bedauernde Blicke in die rote Richtung. Sie dachte sich, es sei allemal besser, den wenig anregenden gelben Farbton zu akzeptieren, als gleich zu Anfang Streit in der neuen Familie zu schaffen. Als sie den nötigen Abstand von ihrem roten Wunschtraum gewonnen hatte, hörte sie sich entschlossen und energisch sagen:

„Wir nehmen das gelbe. Und wir kaufen gleich die nötige Zahl Extrateller und Tassen dazu. Und zwei Schüsseln und Müslischalen und diese große Platte da."

„Da gibt es auch eine große feuerfeste Auflaufform, die wäre doch groß genug für uns?" lockte Volker und legte den Arm um Maries Schultern.

Beide waren heilfroh, jetzt gemeinsam und in gewohnter Harmonie alles Weitere regeln zu können. Jetzt waren sie wieder das, was sie sein wollten: ein glückliches Paar, das durch Dick und Dünn zu gehen und Kompromisse zu schließen weiß. Und schließlich war das gelbe Service eine recht ordentliche Wahl. Zwar lange nicht so schön wie das rote oder das blaue, aber eben auch nicht gerade furchtbar hässlich. Dieser tröstliche Gedanke schoss Marie in der Folgezeit noch oft durch den Kopf – immer, wenn sie den Tisch deckte oder wenn sie die große

Platte reinigte, die nicht in den Geschirrspüler passte. Volker dagegen hatte gar keinen Trost nötig, er vergaß die ganze Angelegenheit erstaunlich schnell. Die Jungs dagegen schätzten das Massive des Materials.

„So´n Teil kannste fallen lassen, ohne dass es kaputt geht," sagte Jakob, der Jüngste, und hielt eine Tasse herausfordernd in der ausgestreckten Hand. Woraufhin Clemens, der Älteste, schrie: „Spinnst du? Das ist Porzellan, und das geht in Scherben, wenn man´s fallen lässt. Egal wie dick es ist."

„Das ist kein Porzellan, das ist Keramik," belehrte Martin ihn und stand damit seinem Blutsbrüderchen bei, „und Keramik ist viel stabiler als Porzellan."

„Trotzdem geht´s kaputt, wenn man´s hinwirft," mischte sich Simon ein.

„Ihr tut gerade so, als ob ich hier mit Tassen rumschmeißen wollte," verteidigte sich Jakob.

„Das würdest du dich gar nicht trauen!"

„Sag das nochmal!" Jakobs Ton war drohend geworden, die Tasse baumelte gefährlich an seinem Zeigefinger.

Es dauerte viele Wochen, bis solche Hahnenkämpfe ihren Reiz unter den Knaben verloren hatten.

Und was das Geschirr anging, so bekam in den vielen Jahren des ganz allmählich friedlich und freundlich werdenden Zusammenwachsens der Familie nur ein einziger Teller eine kleine Macke, alles andere blieb makellos bis in die Zeit hinein, als einer nach dem anderen sein Abitur machte oder in die Berufsausbildung ging oder ins Studium oder in ein freiwilliges soziales Jahr. Immer weniger Teller und Tassen kamen auf den Tisch, am Ende nur noch die für Volker und Marie. Jetzt zeigte sich aber, wie praktisch der große Vorrat an Geschirrteilen war: Man musste den Geschirrspüler nur jeden zweiten oder dritten Tag laufen lassen.

Dem folgte nach weiteren Jahren eine Zeit, in der nur noch ein einziges Gedeck gebraucht wurde und Marie dafür die Spülmaschine gar nicht mehr bemühte. Sie hatte damals keinen großen Appetit, und der Teller, von dem sie ihr fix gestrichenes Brot aß, den konnte sie ebenso fix unterm Wasserhahn abspülen.
Was war geschehen?
Nach der historischen Maueröffnung und der deutschen Wiedervereinigung von Ost und West war Volker in eines der „Neuen Bundesländer" gezo-

gen. Neue und alte Bundesländer war die amtliche Sprachregelung, weil man von Ost und West nicht mehr so gern redete. Denn es hatte schließlich viele Jahre lang sogar einen "Eisernen Vorhang" zwischen Ost und West gegeben. Die trostlosen Verhältnisse in der ehemaligen DDR waren Volker immer schon sehr zu Herzen gegangen. Jetzt wollte er dort helfen und beim wirtschaftlichen Aufschwung „drüben" mitarbeiten. Er tat dies in Jena an der Seite einer sehr jungen Frau, die nicht gerade üppig ausgerüstet war mit gutem Geschirr. In der DDR hatte man vierzig Jahre lang ganz andere Sorgen gehabt, als sich um perfekte Tischkultur zu kümmern. Was hätte selbst ein Service aus Meißner Porzellan geholfen, wenn man in den Läden ewig anstehen musste sogar für das, was auf den Tellern liegen sollte? So kam es, dass Volker kurz nach der vernünftig und glatt abgelaufenen Scheidung seiner Ex-Marie vorschlug, sie möge auf das gelbe Service verzichten, es sei ja doch viel zu umfangreich für eine allein lebende Person. In seiner neuen Familie dagegen säßen die Kinder vor bunt gemischten Tellern, von denen viele angeschlagen waren. Wie jedermann wisse, sei das Trinken aus Tassen, die einen tiefen Sprung haben, nicht zu empfehlen, denn in diesen Haarrissen setzen sich Bakterien fest, und die machen krank.

Marie verpackte also das gesamte gelbe Geschirr mit allen Kännchen, Zuckerdosen, Schalen, Schüsseln, großen und kleinen Tellern, Tassen, Untertassen und Bechern, sicher in Papier und Holzwolle eingewickelt, in mehrere Kartons. Dabei gingen ihre Gedanken zurück zu dem Kompromiss, den sie und Volker stolz am Anfang ihrer Ehe zustande gebracht hatten. Sie fand es erstaunlich, dass so ein Service eine sehr viel längere Zeitdauer heil überstehen konnte als eine Ehe. Als sie sich das schöne rote Friesengeschirr oder auch das blauweiße jetzt so richtig lebhaft vorstellte, kam sie zu dem Schluss, sie könne geradezu dankbar sein, das eigentlich eher langweilige gelbe jetzt auf eine so großzügige Art loszuwerden und sich dabei noch edel, hilfreich und gut fühlen zu können. Hilfreich war auch ein nettes Ehepaar in der Nachbarschaft, das Verwandte in Thüringen hatte und die Kartons nach Jena mitnehmen konnte. Volkers Dank kam auf einer Ansichtskarte von Jena, auf der ein hoher Turm zu sehen war. „Phallus Jenensis" lachte der nette Nachbar und fügte erklärend hinzu: „Jenaer Glasfabrik."

Jetzt hatte Marie nur noch einige Reste von einem uralten Sammelgeschirr, die reichten für ihre bescheidenen Tafelfreuden durchaus. Sie war jetzt eingestellt auf Alleinsein, denn dass nach einer Ehescheidung die gemeinsamen Freunde sich schnell verflüchtigen, war ihr schon öfter mal erzählt worden. Merkwürdiger Weise stellte sich aber schon bald heraus, dass sie immer öfter Besuch von genau diesen Freunden bekam, und es waren ihrer so viele, dass sie nicht wusste, wie sie den Tisch auch nur für einen kleinen Kaffeeplausch decken sollte. Auch die Jungs meldeten sich abwechselnd für Wochenendbesuche an. Dafür reichten die paar Tellerreste natürlich nicht aus. Als sie die Sache mit den netten Nachbarn besprach, eben mit denen, die öfter mal nach Thüringen fuhren, da zögerten sie etwas, so als hätten sie auf einmal Sprachhemmungen. Marie sagte, sie müsse nun wohl daran denken, sich ein neues Geschirr anzuschaffen. In ihrer derzeitigen Finanzlage war das aber ziemlich schwierig. Das nette Ehepaar warf sich gegenseitig einen bedeutsamen Blick zu und überwand seine Sprachstörung. Die Frau sagte, immer noch mit einigem Zögern, so eine Anschaffung sei vielleicht gar nicht nötig. Man habe Marie verschonen wollen, daher habe man bisher nichts davon erwähnt, dass die Geschirrgabe in Jena überhaupt nicht gut angekommen sei. Die junge Frau dort habe sofort ein paar Tassen ausgewickelt und noch in Gegenwart der netten Nachbarn ihren Abscheu gegenüber plumper Keramik und der gelben Farbe erklärt. Dies sei in peinlich deutlichen Worten gegenüber dem armen Volker geschehen, der sich eigentlich bei Ankunft der Kartons sichtlich erfreut gezeigt hatte.

„Wenn du mich fragst," sagte die nette Nachbarin, „ich denke, die haben die Kartons nicht mal ausgepackt. Frag doch einfach mal nach. Wir fahren in zwei Wochen zu Omas Geburtstag nach Weimar, dann könnten wir das Zeug wieder mit zurück bringen. Dann musst du nichts Neues kaufen."

Und genau so kam es dann auch. Volker gab am Telefon verlegen zu, die Kartons stünden noch unausgepackt da. „Weißt du, Marie," erklärte er entschuldigend, „die armen Menschen hier haben ja immer auf alles verzichten müssen und möchten jetzt endlich, da sich die Läden mit schönen westlichen Waren füllen, keinen Kompromiss mehr machen."

Das verstand Marie natürlich. Sie konnte dennoch ein Zusammenzucken bei dem Wort Kompromiss nicht ganz verhindern. Für einen ganz kurzen Moment, als sie beim Auswickeln des zurückgekehrten Geschirrs war, blitzte bei ihr die verlockende Vorstellung auf, dies Geschirr sei plötzlich dunkelrot statt gelb oder in Gottes Namen auch blau-weiß, nur nicht dieses jahrelang stabil gebliebene Gelb, das keiner so richtig liebhaben konnte. Die Freunde jedoch, die sich, anders als befürchtet, nach der Scheidung wieder in vertrauten Scharen eingestellt hatten, waren erfreut, von der Rückkehr des Geschirrs zu hören. Über die Farbe Gelb verlor niemand ein kritisches Wort, im Gegenteil: Sie lobten den Apfelkuchen, der darauf serviert wurde. Aber Marie, die noch immer im stillen Kämmerlein manchmal Tränen über die gescheiterte Liebe zu Volker vergoss, sah das Geschirr von jetzt ab nur noch als notwendiges Übel an, als leider unverwüstliches Denkmal eines dummen Kompromisses vor fünfundzwanzig Jahren. Wer weiß, was aus ihrer Ehe geworden wäre, hätten sie damals den rot-blauen Konflikt gleich ehrlich und offen ausgefochten, anstatt ihn in ein faules gelbes Zugeständnis zu verwandeln. Marie hatte jetzt den heftigen Wunsch nach einem großen Befreiungsschlag. Nicht nur, was das Friesengeschirr betraf. Die Gelegenheit dazu kam auch bald bei einer Italienreise. Da wurde ein alter Turm in einem etruskischem Bergdorf verkauft. Die Besitzerin war eine Deutsche. Marie verstand sich sofort gut mit dieser Frau, die ihr eindringlich klar machte, wie heilsam es für Maries Seelenleben sein würde, hier in diesem Turm ein völlig neues, selbstbestimmtes Leben anzufangen. Das war der notwendige Zündfunke für den ersehnten Befreiungsschlag! So schnell konnten ihre Söhne und Freunde gar nicht die Köpfe schütteln, wie Marie ihr deutsches Leben abbrach, den Hausstand in alle Winde verstreute, verschenkte oder wegwarf, um nur mit einem Schlafsack und einer Luftmatratze, einem Kleiderkoffer und zwei Katzen die Fahrt nach Süden anzutreten. Jetzt war sie auch das gelbe Geschirr endlich losgeworden. Das hatte sie, erneut sorgsam verpackt, in mehreren Kartons in der Wohnung stehen lassen für eine jüdische Freundin, die gerade aus den USA nach Deutschland gezogen war und ihre Wohnstatt mit sage und schreibe zwei unterschiedlichen Servicen ausstatten musste. Ihre Küche sollte nämlich koscher sein. Das ist bei gläubigen Juden so: Da müssen Fleischgerichte von denen mit Milch säuberlich getrennt gehalten und für beides je eigene Teller und Schüsseln benutzt werden. Wie das Geschirr aussah, spielte für die Freundin keine Rolle - Hauptsache es waren zwei verschiedene Typen, die man gut auseinanderhalten konnte. Sie versprach, die Kartons gleich am nächsten Tag abzuholen, denn die Handwerker des neuen Wohnungsbesitzers wollten sofort mit dem Renovieren beginnen.

Der Turm in Italien, völlig leer und sauber geputzt, erwartete Marie und ihre beiden Katzen. Sie schliefen alle drei bestens auf der mitgebrachten Luftmatratze. Marie empfand das alte Gemäuer, das braune Balkenwerk, die engen Stiegen, den roten Cottoboden und die erwartungsvolle Leere der kleinen Turm-Kammern als deutlichen Ausdruck eines Lebensumbruchs, ja, sogar einer richtigen Katharsis. Und weil die Italiener gesellig sind, fanden sich auch bald freundliche Menschen ein, die Marie allerlei Leihgaben anboten - angefangen bei einem Bettgestell bis hin zu Stuhl und Tisch. Als ein Nachbar sie am dritten Tag aus einem Zahnputzbecher Kaffee trinken sah, brachte der besorgte Alte ihr sogar einige Blümchenteller und Tassen aus seinem Haushalt mit dem Hinweis, dass man auf den Märkten hier in der Gegend sehr hübsches Geschirr kaufen könne. Marie verstand nicht viel von all dem, was ihr gesagt wurde. Ihre Sprachkenntnisse beschränkten sich vorerst noch auf zwei Anfangskapitel aus ihrem Schulbuch, ein dickes Lexikon und ihren guten Willen, demnächst fleißig mit dem Studium zu beginnen. Sie lehnte alle angebotenen Leihgaben dankend ab, weil sie ihren evolutionären Anfang in Italien im leeren Turm ganz bewusst erleben wollte. Diese Kargheit zelebrierte sie geradezu mit Vergnügen. Überdies wuchs in ihr die Freude, dass sie nun als absolut freie Person von Markt zu Markt fahren könne, um das Geschirrangebot zu betrachten. Niemand würde ihr dreinreden, auch keine Kinder waren mehr zu berücksichtigen. Der gelbe Kompromiss musste nun, da er endlich physisch überwunden war, auch noch seelisch ausgemerzt werden! Etwas ganz wundervoll Neues und Eigenes sollte fortan auf ihrem Tisch stehen. Nie mehr wollte sie, die soeben erstandene Freiheitsheldin, die allen äußeren Einfluss abgeschüttelt hatte, nochmal ihren Tee aus gelben Tassen trinken. Nie mehr wollte sie das Klingeln des Löffels hören, mit dem ein Mannsbild, ihr gegenüber sitzend, seinen Zucker darin durch Umrühren auflöste.

Wenn man dies alles bedenkt, mag man es geradezu hundsföttisch finden, dass nach genau drei Nächten gesunden Schlafes auf der Luftmatratze morgens ein Kurierdienst vor dem Turm stand und der Uniformierte in aller Ruhe ein Paket nach dem anderen zur Tür brachte. „Vorsicht zerbrechlich!" stand auf einer roten Banderole in zwei Sprachen. Marie erkannte die Pakete trotz der entstellenden Aufschrift sofort als die von ihr in Deutschland verpackten Geschirrkartons. Sie erstarrte zu einer Salzsäule, wie es die Bibel von Lots Weib in der Wüste erzählt. Dennoch hatte der Kurier die Frechheit, ungerührt auch noch eine Unterschrift zu verlangen, die den Erhalt von Sachen bestätigte, die sie tausend Kilometer und mehr als fünfundzwanzig Ehejahre hinter sich gelassen hatte. Der Mann bemerkte gar nicht, wie unwillkommen er war. Die Salzsäule bewegte sich minimal, unterschrieb wie in Trance. Ohne loszubrüllen, blickte sie dem Wagen so lange ergrimmt nach, bis er bergab hinter dem etruskischen Gräberfeld verschwunden war. Dann starrte sie auf die Pakete, und schließlich kam ihr zu Bewusstsein, dass auf einem davon, dem größten, ein in Zellophan verpackter Brief klebte. Sie brauchte Minuten, um ihren Widerwillen zu überwinden und ihn zu öffnen. Der Mann, der in Deutschland ihre Wohnung gekauft hatte, ließ sie höflich wissen, sie habe leider diese Kartons mitzunehmen vergessen, und seit er gesehen habe, es handelt sich dabei um Geschirr, nahm er an, dass sie, Marie, das Vergessene bitter vermisse. Daher habe er sich entschlossen, ihr die Kisten per Sonderkurier nach Italien nachzusenden. Er hoffe, ihr damit eine Freude gemacht zu haben und grüße herzlich. P.S.: Die Transportkosten trage selbstverständlich er selber. Das ziehe er dem Risiko vor, dass durch einen weiteren Verbleib der Kisten in der Wohnung möglicherweise etwas zu Scherben gehen könne.

Jetzt kam Leben in die Salzsäule! Marie raste zum Telefon und verhörte die Israelin, die ja versprochen hatte, die Kartons sofort abzuholen. Jetzt war Maries Ton nur noch nullkommafünf Decibel vom Brüllen entfernt. Die jüdische Freundin stotterte, es sei ihr alles äußerst peinlich, hatte sie doch gemeint, einen Tag früher oder später zum Abholen hinzufahren, würde wohl kaum einen signifikanten Unterschied machen. Aber als sie dann nach zwei Tagen hingekommen sei, habe man ihr mitgeteilt, das Geschirr sei gerade abgereist. Es täte ihr wirklich furchtbar leid. Sie habe sich übrigens die Kurierspesen nennen lassen. Die seien ja leider so hoch, dass sie für diese Summe bereits ein einfaches Kaufhausgeschirr erwerben könne. Trotzdem vielen Dank für Maries gut gemeinte Gabe.

Was nun? fragte sich Marie. Sollte sie das alles an die Wand werfen und zertrümmern? Sie sah auf die Katzen, die an den Paketen schnupperten. Erst einmal die Pakete in den Turm tragen, dann nachdenken. Sie öffnete eines und sah, es war das mit den Tassen. Irgendwie erschien ihr alles ziemlich verrückt: Dort drüben auf der Fensterbank stand das Zahnputzglas mit dem Rest ihres Morgenkaffees. Und hier waren zwölf makellose Tassen, die nichts weiter verbrochen hatten als gelb und unbeliebt zu sein. Und sie, Marie, die sich selbst ein Leben lang gern als einen bescheidenen Menschen betrachtet hatte, dachte jetzt allen Ernstes daran, die Tassen, die sie ja eigentlich dringend brauchte, wegzuwerfen! Nun ja, sie waren nicht einfach nur gelb. Sie waren auch ein Mahnmal ihrer glücklichen Jahrzehnte mit Volker und der schließlich nach vielen Konflikten doch noch harmonisch gewordenen Patchwork-Familie. Das ungeliebte Geschirr war nicht abzuschütteln gewesen, es war ihr einfach nachgelaufen! Und, alles in allem, war es noch immer mehrere hundert Euro wert. So etwas kann man doch nicht einfach zerdeppern.

In derartiger Gedankenwirrnis räumte sie die Kartons aus, und weil sie noch keinen Tisch und keinen Schrank besaß, setzte sie die Teile auf den Terrakotta-Stufen der nach oben führenden Stiege ab. Und da – plötzlich und völlig überraschend – fiel es ihr wie Schuppen von den Augen: Diese bäuerlichen Formen hatten genau die Schwere und Einfachheit, die hier in das Turmgemäuer hineinpasste. Auch dieser dumpfe Gelbton harmonierte perfekt zu dem altersbraunen Gebälk und den Terrakottafliesen. Die Entscheidung hatte sich gewissermaßen selbst getroffen - das Zeug bleibt hier. Punkt. Fort mit den kindischen Träumen von freiheitlicher Selbstbestimmung, die sich in nichts Wichtigerem als in der Zerstörung eines absolut gebrauchsfähigen Keramikgeschirrs beweist.

Zwölf Jahre lang wurde in Maries Turm nun von diesem Geschirr gegessen, und sie lernte in dieser Zeit nicht nur die italienische Sprache, sondern auch die mediterrane Küche kennen. Es waren schöne, sorgenfreie Jahre. Herrliche Sommer am Meer. Mit Männern, die ihr Italien zeigten, sie bei Möbelkauf und Behördengängen begleiteten, die sie aber dennoch schroff in die Schranken wies, wenn sie meinten, irgendwelche Rechte geltend machen zu können. Nein, sie ließ nicht mehr an ihrer Selbstbestimmung rütteln. Dem gelben Geschirr hatte sie sich aus Vernunftgründen ein letztes Mal unterworfen, aber ansonsten wollte sie jetzt, verflixt nochmal, frei bleiben, auch wenn sie hier und da mal verliebt war. Kurze Affären - ja. Aber nie wieder Kompromisse mit Männern schließen, nur um gefällig zu sein. Sich keinem Mann mehr anpassen müssen! Und in Italien wimmelte es geradezu von liebenswürdigen Machos. Sie genoss das, war aber stets auf der Hut.

Was eine Mutter von fünf Söhnen aber schnell mal vergisst: auch Söhne sind Männer. Und wenn sie auch nicht unbedingt die Mutter beherrschen wollen, so fällt ihre freundliche Hilfe oder Beratung manchmal allzu nachdrücklich aus. Oder sie kritisieren so harsch, dass eine neu erstandene Freiheitsheldin wie Marie achtgeben muss, sich nicht doch wieder anzupassen – aus lauter Friedensbedürfnis und um langen Argumentationen aus dem Weg zu gehen.

Aber was passiert, wenn einer dieser selbst herangezogenen Machos wirklich Hilfe braucht? Dann, ja dann wirft auch eine Freifrau allen Selbstbestimmungswillen über Bord und tut wieder das, was ihr gerade notwendig und vernünftig erscheint, auch wenn es nicht gerade den eigenen Wünschen entspricht. Frauen neigen in dieser Hinsicht leicht mal zur Inkonsequenz. So kehrte Marie ihrem geliebten Turm entsagungsvoll den Rücken, zog nach Deutschland zurück, weil Simons Leben wegen einer psychischen Störung von den Schienen gesprungen war. Sie ertrug seine häufigen Jähzornausbrüche in dem Bewusstsein, dass der Arme eben unter krankhaftem Zwang stand. Alles, was sie jahrelang abgelehnt hatte, nämlich ihr Handeln männlichen Erwartungen anzupassen, schien ihr jetzt wieder eine unausweichliche Lebensbedingung zu sein. Und wie früher immer, so war sie sich auch jetzt ganz sicher, dass sie nicht unter Zwang handelte, sondern freiwillig, sogar manchmal auch freudevoll und mit der Überzeugung, dass es gar keine Alternativen für sie gab. Zugunsten eines harmonischen Miteinanders mit Simon entwickelte sie eine Art Diplomatensprache, wenn irgend etwas Negatives vorsichtig ausgedrückt werden musste.

Marie und Simon saßen sich also jetzt täglich am Esstisch gegenüber und rührten in den gelben Tassen – eine Situation, die sich Marie während ihrer italienischen Lebensmetamorphose bereits komplett abgeschworen hatte. Und das deutsche Ambiente gab leider auch keine passenden Stilelemente zu dem Geschirr her wie in Italien der Cottoboden und die alten Holzbalken. Freilich fielen so manche Teller Simons Tobsuchtsanfällen zum Opfer. Aber diese Anfälle nahmen tröstlicherweise mit der Zeit ab - genau wie die Zahl der noch heilen gelben Geschirrteile. Die abnehmenden Zornanfälle wurden von niemand vermisst, eher im Gegenteil! Dagegen fiel die abnehmende Anzahl von Tassen und Tellern unangenehm auf, zumal Simons Brüder sich von Zeit zu Zeit gastweise mit ihren Familien um den Tisch versammelten und öfter auch wieder eine Freundesrunde sich an Maries mediterranen Kochkünsten erfreute. Man musste sich also bald einmal ernsthaft um Ersatz der zerschlagenen Geschirrteile Gedanken machen.

Eines Tages geschah dann etwas scheinbar Banales: Simon zeigte seiner Mutter ein Foto, das er soeben als Mailanhang von einem ehemaligen Schulfreund bekommen hatte. Darauf sah man eine von früher her wohlbekannte Familie um den Tisch versammelt sitzen, alle freilich nicht mehr so jugendlich wie einst, aber strahlend in die Kamera lächelnd.

„Schön," sagte Marie in höflicher Anteilnahme, „es scheint ihnen gut zu gehen."

Simon, der den Laptopdeckel schon wieder zugeklappt hatte, verharrte einen Moment schweigend und blickte unzufrieden auf seine Mutter: „Ja, ja. Aber das ist nicht alles."

„Was meinst du denn?" fragte sie und hob die Augenbrauen.

„Na, siehst du das denn nicht?" Er setzte den Laptop noch einmal vor ihr ab und öffnete den Deckel. „Guck doch mal richtig hin!"

„Eine sympathische Familie, Vater, Mutter, Tochter und Sohn am Kaffeetisch," stellte Marie fest und wusste nicht, worauf Simon hinauswollte. Aber dann: „Das Geschirr!" rief sie, und es war ein richtiger Aufschrei.

„Siehste," sagte Simon, „das ist die blaue Variante von unserm gelben. Sieht doch super aus, dieses Blauweiß, findest du nicht?"

Marie nickte und starrte auf die Tassen und Teller, vor denen die fotogen lächelnden Leute saßen.
Das war ohne Zweifel der Geschirrtyp, den Volker damals genau so gern in Blauweiß gekauft hätte, wie sich Marie ihn in Rot wünschte.
„Ich habe im Internet recherchiert," sagte Simon, „das Friesengeschirr wird noch immer hergestellt."

„Ach ja? Auch das rote?" fragte Marie.

„Das rote nicht, aber das gelbe und das blauweiße kann man noch kaufen. Ich finde das blauweiße richtig schön, guck doch mal! Eine frische Farbe, besonders mit der weißen Innenseite. Ehrlich gesagt, hab ich nie verstanden, was euch damals an dem gelben so gefallen hat. Ich fand dieses Gelb immer schon scheiße. Uns fehlen doch jetzt inzwischen so manche Teile - könnten wir das gelbe Zeug nicht einfach im Asylantenheim abgeben und uns das blaue kaufen?"

„Aber du hast gesagt, von dem gelben kann man nachbestellen. Gelbe Einzelteile nachzubestellen wär doch viel billiger, als ein ganzes Service neu in Blau zu kaufen." Marie hörte sich das sagen, aber zugleich fragte sie sich insgeheim: Wie töricht wäre das denn, den einstigen Kompromiss sogar jetzt noch weiter am Leben zu halten?

„Weißt du was," sagte Simon, der sonst nicht gerade für forsche Entscheidungen bekannt war, „ich bestelle das blaue Friesengeschirr. Und ich bezahle es auch selber. Und das gelbe kommt weg. Du musst mir nur noch sagen, wie viele Teller, Schüsseln und so weiter ich bestellen soll."

Simon ergriff seinen Laptop, klappte ihn mit finaler Entschlossenheit zu und wandte sich zum Gehen, ohne eine Antwort abzuwarten.
Er hatte entschieden.
Ohne Umschweife und ohne Diplomatensprache.
Seine Mutter widersprach nicht.
Die Jahre, in denen sie ihr Selbstbestimmungsrecht mit Klauen und Zähnen verteidigt hatte, waren jetzt genau so vorbei, wie ihre Toleranz gegenüber dem gelben Geschirr.

Zaidas letzte Reise

In dem kleinen Schwarzwalddorf waren die Familien Gomez und Rodriguez fast vollständig um Zaidas Bett versammelt, als die verehrte Stammesmutter ihren stets lebhaft gebliebenen Geist aufgab und dahinschied.
Man hatte diesen Augenblick respektvoll abgewartet, obwohl es schon vorher als ausgemacht galt, dass Zaidas Enkel Javier und Paco mit der Aufgabe betraut werden sollten, einen würdigen und stilvollen Sarg für die verehrte Verblichene zu entwerfen. Die Beiden hatten es als begabte Enkel der allerersten Einwanderungswelle in Deutschland sogar zu gymnasialer Bildung gebracht, weshalb man ihnen zutraute, eine stilistisch unverwechselbare letzte Lagerstätte für Zaida künstlerisch zu gestalten. So unverwechselbar, streng und stilvoll wie sie selber ihr Leben hier in Deutschland viele Jahrzehnte lang geführt hatte und für ihre Kinder, Enkel und Urenkel stets geliebte Autorität und Zuflucht gewesen war. Natürlich würde ihre Asche daheim in Galizien beigesetzt werden, in der Erde ihrer Vorväter. Das hatte

sie selber so bestimmt, und ihr letzter Wille war allen ein heiliges Anliegen.

Javier und Paco wussten, dass sie nicht viel Zeit für ihre Entwurfszeichnung hatten. Während die anderen Verwandten Zaida festlich schmückten und in ein kühles Zimmer betteten, zogen sich die beiden Künstler mit ihren Zeichenblöcken in Pacos Schlafkammer zurück. Offenbar hatte der ernste Anlass die jungen Männer mit großer Einigkeit begnadet. Denn schon bald nachdem die Großmutter gewaschen, angekleidet, bekränzt und von Kerzen umstellt war, konnten sie der Familie in schöner Einmütigkeit den gemeinsamen Entwurf präsentieren. Alle drängten herbei, um die Zeichnung zu mustern. Nach einer schweigenden Betrachtung äußerte sich Antonio Ruiz, der Älteste unter ihnen, anerkennend:

„Gut! Das erinnert an einen ägyptischen Sarkophag. Habt ihr gut gemacht!"

Die Umstehenden nickten. Nur Alina Gomez wagte einen leisen Einwand: „Die Maße – ich meine: ist das nicht – hm – allzu breit an den Schultern und, Entschuldigung, am Fußende etwas zu schmal ?"

„In Ägypten wurden die Toten bandagiert," sagte Antonio Ruiz, und er sprach spanisch, weil sie alle unter sich waren. „Das ist entscheidend für diesen eleganten Stil. Oben für den Brustraum ist viel Platz gelassen und für die Füße so wenig wie unbedingt notwendig. Zaidas Füße waren - das heißt: sie sind noch immer - zierlich. Der Sarg hat klassisches Maß. Ist gut so."

Damit war der Entwurf anerkannt und genehmigt. Nun musste er schnellstens dem Schreiner Röttling überbracht werden. Mit dem hatte man den Auftrag schon vorbesprochen, und demzufolge war der Mann sich darüber klar, dass seine derzeitige Werkstattarbeit an diesem Tag stillstehen und der Sargbau absoluten Vorrang haben musste. Was Röttling allerdings erst jetzt erfuhr: Mehrere männliche Familienangehörige waren vom Familienrat dazu bestimmt worden, selbst Hand an das Holz zu legen und beim Entstehen mitzuhelfen – sozusagen als letzten persönlichen Einsatz für die verehrte Verstorbene. Das erforderte natürlich die ganze Freundlichkeit und Toleranz, deren Röttling beim Organisieren dieser etwas ungewöhnlichen Gruppenarbeit fähig war. Die Aufgabe überstieg weitaus den Schwierigkeitsgrad, der ihm von der Anleitung seiner Lehrlinge her vertraut war. Aber dank der unauffälligen Mithilfe zweier Gesellen im Maschinenraum nahm der Sarg recht schnell seine ungewöhnliche Gestalt an. Dem Meister bereitete die Form richtig Spaß, was bei einem so traurigen Anlass wie diesem vielleicht nicht gerade eine angemessene Empfindung sein mochte. Eines musste Röttling den Spaniern allerdings zugestehen: Sie stellten sich recht geschickt an, wenn man anfängliches Missgeschick außer Betracht lässt. So hatte sich einer den Stechbeitel in die Hand gerammt, und ein anderer hatte lautstark und vergebens darauf bestanden, beim Maschinen-Rohschnitt der Bretter selber die Führung zu übernehmen. Jedoch als jeder der Männer seinen persönlichen Arbeitsanteil akzeptiert hatte, da gedieh das Werk unter ihren eifrigen Händen und war bald schon fertig. Meister Röttling fragte, zu welcher Bestattungsfirma er das Kunstwerk denn nun bringen solle. Oder würde diese Firma den Sarg hier von der Werkstatt abholen?

Die Frage ließ die Spanier für mehrere Sekunden erstarren, sie schauten mit weit aufgerissenen Augen völlig baff auf den Meister, bis Alfonso Gomez Worte fand und energisch protestieren konnte: „Meine Mutter fasst keiner an! Verstehen Sie? Kein Fremder! Auch keiner von diesen Leichenfuzzis."
Und weil auch auf Spanisch empörte Rufe laut wurden, die der Schreiner nicht verstand, verzichtete er darauf, auf das deutsche Bestattungsgesetz hinzuweisen, das strikteste in ganz Europa, welches die Fürsorge um die Toten ausschließlich in die Hände von examinierten Leichenbestattern legt.

Und so kam es, dass der fertiggestellte Sarg in aller Unschuld auf Alfonsos VW-Transporter geschnallt wurde, um ihn in jenes Schwarzwalddörfchen zu fahren, in dem die Großmutter jetzt schon zwei Tage lang im hochdekorierten Stübchen still der Ewigkeit entgegen schlummerte. Unter Singen und Beten bettete die galizische Großfamilie ihre Vorfahrin in den Sarkophag mit der edlen ägyptischen Anmutung. Auf der Innenseite des Deckels schrieben die Trauernden mit Filzstift ihre letzten Grüße, freilich nicht in ägyptischen Hieroglyphen, sondern in ganz unverstelltem spanischen Krikelkrakel, sie malten bunte Herzen und Blümchen. Obwohl jedem eigentlich völlig klar sein musste, dass Zaida ihre Augen zum Betrachten dieser Grüße nicht mehr öffnen würde. Das prächtigste Zeichen war eine große goldene Lemniskate, ein Symbol für die Ewigkeit und das Leben. Der goldene Filzstift dafür war noch von der weihnachtlichen Geschenkbeschriftung in der Schublade. Die Innigkeit und der Abschiedsschmerz in diesen Zeichnungen wogen offenbar ebenso so schwer wie der Sarg nebst der still darin ruhenden Oma. Das Hochhieven auf den Transporter war eine schwierige Aufgabe, obwohl die starken Hände vieler Söhne, Enkel und Neffen zupackten. Man wollte dabei tunlichst vermeiden, dass sich die Großmutter auf die Seite wälzte oder sonstwie verrutschte. Ein Konvoi setzte sich sodann in Bewegung: Vorn der Transporter mit der Großmutter obendrauf geschnallt und im Gefolge drei Autos, in denen dicht gedrängt die Mitglieder der Trauerfamilie saßen. Die Kinder mussten sich zwischen die Knie der Eltern quetschen. Man hatte vielfachen Grund für die Hoffnung, einer Polizeistreife lieber nicht zu begegnen.

So begab man sich zum nächstgelegenen Krematorium in Lörrach. Die Beamten dort waren zunächst sprachlos, als der Zug vorfuhr. In ihrer Fassungslosigkeit müssen sie wohl nicht den leisen und rücksichtsvollen Ton gefunden haben, den sie sonst immer gegenüber trauernden Hinterbliebenen anwendeten. Zumindest erschien dies denjenigen der trauernden Spaniern so, die ein wenig Deutsch verstanden. Leider mussten sie sogar Untertöne behördlicher Empörung aus den Äußerungen der Beamten entnehmen. Und als die Beamten ihre strenge Rede ausschließlich an Alfonso und Antonio richteten, die sich ihnen gegenüber als der deutschen Sprache mächtig erwiesen hatten, brachten sie die Drohung vor, dass in diesem Falle die Polizei zu rufen sei, denn private Leichentransporte seien in Deutschland streng verboten. Das Krematorium nehme nur ordnungsgemäß registrierte und mit Totenschein ausgestattete Leichen zur Verbrennung an, und dies ausschließlich von amtlich bestellten Beerdigungsinstituten. Jedoch auch diese dürften nach der Verbrennung die Asche nicht einfach so an die Angehörigen aushändigen, das wäre ja noch schöner! Entweder würde also die Leiche sofort da drüben in einem der bevollmächtigten Beerdigungsläden abgegeben und einem ordnungsgemäßen Ablauf überlassen werden, oder...

Ein Krematoriumsangestellter hatte inzwischen den Transporter mitsamt seiner Ladung genauer beäugt und setzte noch eins drauf: Und überhaupt, diese sonderbare Sargform habe ganz gewiss kein Normmaß für die Lörracher Brennkammer, da müsse was viel Schmaleres her, diese Kiste passe bestimmt nicht rein.

Die spanischen Söhne, Neffen, Enkel, ganz zu schweigen von den ängstlich in den Autos verharrenden Töchtern, Schwiegertöchtern, Schwägerinnen, Nichten und Enkelinnen der Verblichenen, waren über die schnöde Beurteilung tief betroffen und mussten jetzt das Schlimmste befürchten. Wenn sie sich hier nicht sofort unterwürfig zeigten, würde die Großmutter doch noch in die rauen Hände deutscher Beamter und Besserwisser fallen. Das erkannten jetzt alle mit Schrecken. Also entschloss sich Antonio Ruiz kühn zu einem scheinbaren Nachgeben und signalisierte den Krematoriumsleuten, man würde sich umgehend zu der vorgeschlagenen Bestattungsfirma gleich schräg gegenüber dem Friedhofstor begeben. Der Konvoi setzte sich in

Bewegung. Seine Flucht wurde allerdings dadurch begünstigt, dass eine Verkehrsinsel das direkte Einschwenken in die Richtung des empfohlenen Beerdigungsinstituts nicht erlaubte – man konnte also unverdächtig in die Gegenrichtung entkommen. Auf dem Parkstreifen vor dem jüdischen Friedhofsteil, der außer Sicht vom Krematorium war, konnten sie anhalten und eine kurze Beratung durchführen. Natürlich drehten sich alle Passanten und Autofahrer nach dem Sarg auf der Ladefläche um, aber solange das nicht die Polizei war, hatten die Spanier noch einen gewissen Handlungsspielraum. Alfonso kam in seiner Ratlosigkeit auf die Idee, Schreinermeister Röttling anzurufen und ihm die missliche Lage schildern. Schließlich wollte die Familie nichts anderes als den sterblichen Teil der Großmutter verbrennen lassen und die Asche im fernen galizischen Garten vergraben. Was war denn falsch an diesem Vorhaben? Das machten in Galizien alle so. Wozu, um Gottes willen, brauchte man denn dafür ein Bestattungsinstitut?

Meister Röttling wusste Rat: „Warum fahrt ihr nicht einfach ein paar Minuten weiter über die Grenze nach Basel? Dort gibt es auch ein Krematorium, sogar größer als das in Lörrach. Und anders als in Deutschland bekommen Angehörige in der Schweiz auf Wunsch die Asche ihrer Lieben ausgehändigt."

Alfonso Gomez war zwar ein wenig erleichtert, äußerte aber dennoch Bedenken: „Wo ist denn dieses Krematorium? Wenn wir in Basel lange Zeit rumsuchen, dann fallen wir der Polizei auf."

Röttling war ein hilfsbereiter Mann, er überlegte nur kurz und sagte dann: „Wissen Sie was ? Ich wollte morgen sowieso in Riehen eine Schranktür einbauen. Das könnte ich auch heute schon erledigen. Ich räume schnell alles Notwendige in meinen Werkstattwagen und lotse Sie nach Basel zum Krematorium. Ich beeile mich! Bin gleich bei Ihnen."

Natürlich war es auch Röttling etwas mulmig, als er eine halbe Stunde später, dem improvisierten Leichenwagen vorneweg fahrend, die Schweizer Grenze im Baseler Stadtteil Riehen passierte. Aber weil auch die Schweiz in das europäische Schengen-Abkommen integriert ist, gab es dort zum Glück keine kontrollierenden Beamten mehr. Die Passage verlief glatt und unauffällig, zumal der hoch aufragende Werkstattwagen Alfonsos Transporter ein wenig kaschierte, was sich daran zeigte, dass kaum noch jemand auf der Straße stehen blieb und den vorbeifahrenden Sarg angaffte.

Der Friedhof beeindruckte die Spanier durch seine Größe und durch die Pracht seiner Familiengruften. Auch den riesigen Kamin, durch den die Feuergeister die gereinigte und verwandelte Stofflichkeit ihrer verehrten Großmutter hoffentlich direkt in den Himmel hinauftragen würden, musterten einundzwanzig staunende Augenpaare respektvoll, als Zaidas zahlreiche Angehörige auf dem Hof des Krematoriums aus den Autos quollen. Sie beschlossen, nur eine begrenzte Anzahl gut Deutsch sprechender Männer in die Verhandlung zu schicken, also Antonio Ruiz, Alfonso Gomez und die beiden Vorzeige-Akademiker Paco und Javier Rodriguez. Selbstverständlich auch Schreinermeister Röttling, denn der verstand sogar so etwas Schwieriges wie Alemannisch und Baseldeutsch.

Die beiden Diensthabenden im Krematorium trugen Uniform, und im Gegensatz zu ihren deutschen Kollegen in Lörrach hörten sie konzentriert und völlig ruhig den Darlegungen der Spanier zu. Diese erläuterten - leider noch immer etwas aufgeregt, was ihrer deutschen Ausdrucksfähigkeit nicht gerade zur Ehre gereichte -, dass es sich hier um die Verbrennung einer verstorbenen Angehörigen handele, deren Asche von der Familie nach Galizien verbracht und dort beigesetzt werden sollte. Die Beamten nickten Zustimmung, was nicht weiter erstaunlich war, denn sie hatten noch keinen Blick auf den Sarg auf der Ladefläche werfen können. Einer der beiden machte eine einladende Geste und öffnete eine Bürotür. Leider reichten die Stühle in dem kleinen aber sehr fein eingerichteten Raum nicht aus, so dass Javier und Paco vor den glänzenden Eichenholzregalen stehen mussten, in denen sich eine Ausstellung von Aschegefäßen in ganz unterschiedlichen Stilarten befanden. Sofort bannten zwei feierlich wirkende keramische Urnen die Blicke aller. Der Beamte nahm am Schreibtisch Platz und fragte im bemühten Hochdeutsch eines Baseler Schweizers:

„Haben Sie denn in Ihrem Institut noch gar kein Asche-Gefäß ausgewählt?"

Das war nun das Stichwort, das die Spanier tief Luft holen und um eine passende Antwort ringen ließ, so dass Meister Röttling es für hilfreich hielt, sich schnell einzumischen:

„Vielleicht sollte ich darauf hinweisen," sagte er, „dass hier eine etwas besondere Situation vorliegt."

Die Spanier schwiegen und nickten dem Schreiner ermunternd zu, und auch der Mann in Friedhofsuniform schaute ihn erwartungsvoll an. Röttling erklärte also, dass es sich bei der Toten um eine hochbetagte Spanierin handele, die ihrer Familie zu jenen Zeiten nach Deutschland gefolgt sei, als diese Menschen noch Gastarbeiter genannt worden waren. Jetzt habe sich die Großfamilie teils aus Spanien eingefunden wegen des Trauerfalles, teils aus anderen Teilen Deutschlands, wo sie sich bereits vor Jahrzehnten gut integriert hätten. Alle zusammen hätten beschlossen, die Asche der Großmutter und Urgroßmutter mit sich nach Spanien zu nehmen und dort nach alter Tradition zu bestatten.

Der Schweizer nickte fortwährend zu diesen Erklärungen einverständig und sagte immer wieder: „Ah! Aha!" Er betonte das Aha immer auf der ersten Silbe, was sehr schweizerisch klang. Jedenfalls schien der Mann noch immer nichts Verwunderliches an dem Fall zu entdecken.

„Sehen Sie," fuhr Röttling fort, „für diese Familie ist es selbstverständliche Tradition, dass nur die spanische Erde für eine Bestattung in Frage kommt und nur die engsten Angehörigen sich um die Herrichtung und Aufbahrung der Toten kümmern."

Wieder nickte der Schweizer und sagte, mit schräger Kopfhaltung lauschend, weiterhin „Ah, aha, aha!" Diesmal sogar im Ton allergrößten Respekts.

„Die Söhne und Enkel haben sogar in meiner Schreinerwerkstatt mit mir zusammen ein außergewöhnliches Sargmodell nach ihrem Entwurf und mit ihren eigenen Händen gestaltet."

„Schön, sehr schön!" lobte der Beamte, und die Spanier hatten tief in ihren Herzen in diesem Moment alle das gleiche warme Sympathiegefühl für diese wunderbare Schweiz, das die Lörracher Krematoriumsangestellten im Vergleich sehr schlecht abschneiden ließ.

„Und der Sarg mit der Toten darin wartet jetzt draußen vor der Tür auf die Kremation," schloss der Schreinermeister. Nun war alles gesagt.

„Dann sind Sie also der Bestatter?" mutmaßte der Beamte.

„Nein, ich habe nur eine Schreinerwerkstatt, kein Bestattungsinstitut," stellte Röttling klar. „Die Familien Gomez und Rodriguez, deren Vertreter Sie hier sehen, wollten kein Bestattungsinstitut in Anspruch nehmen, verstehen Sie? Wie ich schon sagte: aus Gründen der Tradition."

Der Schweizer hob den Kopf und schwenkte seinen Blick über die schwarzen Augenpaare, die auf ihn gerichtet waren. Und er schoss, als habe er jetzt plötzlich das Problem begriffen, die entscheidende Frage ab: „Aber es gibt doch wohl einen ordentlichen Totenschein, ausgestellt von einem Schweizer Arzt?"

Irritation lag auf den Gesichtern derjenigen, die die Frage sofort verstanden hatten, und ein fragender Blick des Schreiners ging in die Runde. Der junge Paco sagte in seinem akzentfreien Deutsch:

„Einen Totenschein gibt es, aber der wurde von einem deutschen, nicht von einem Schweizer Arzt ausgestellt." Und auf Spanisch forderte er seinen Vater Alfonso auf, das Papier, das der Landarzt Dr. Weiß im Schwarzwald ausgestellt hatte, vorzuweisen. Und während der Beamte sagte: „Nun, ein Deutscher – auch gut, solange es sich um ein ordentliches Amtspapier handelt", kramte Alfonso vergebens in seiner Jackentasche, schüttelte den Kopf und schaute besorgt auf Antonio Ruiz, der sich nun auch auf der Suche nach diesem Papier abtastete und es schließlich, etwas zerknittert zwar, hervorzog und auf den Schreibtisch legte. Der Schweizer strich es glatt, setzte seine Brille auf und las. Sodann rief er überrascht aus: „Aber dieser Arzt ist ja gar nicht in der Schweiz ordiniert, sondern in Deutschland!"

„Aber ich sagte Ihnen doch schon, dass es ein deutscher Arzt gewesen ist!" sagte Paco.

Der Beamte hob seine Hände: „In Basel praktiziert auch der eine oder andere deutsche Arzt, aber dieser hier" - er klopft auf die zerknitterte Urkunde - „dieser hier praktiziert in Deutschland."

„Ja und?" fragte Röttling.

Der Schweizer fragte jetzt streng: „Wo wohnen die Herrschaften? In d´r Schwyz od´r in Dütschland?" Dass der Mann bei der Nennung der Nationalitäten seinen Dialekt anklingen ließ, war als sicheres Zeichen dafür zu werten, dass das Gespräch einen unangenehmen Verlauf zu nehmen drohte. Alfonso sagte finster und auch nach Jahrzehnten des Aufenthalts im Schwarzwald noch immer mit nicht ganz einwandfreiem Akzent:

„Manche sind aus Spanien angereist zum Tod von Mutter, manche wohnen in Frankfurt, aber ich wohne mit Familie in Schwarzwald."

„Die Verstorbene war also nicht in Basel, sondern in Deutschland ansässig?" fragt der Beamte und seine Stirn wies tiefe Falten auf, als müsse er eine schwierige Quiz-Frage lösen.

„Wäre das denn ein Hindernis für die Kremation?" bringt Röttling die Sache auf den Punkt. „Wie wäre es denn, nur mal als Beispiel, wenn Zaida Gomez, also die verstorbene alte Dame, nicht in ihrem Bett im Schwarzwald, sondern auf der Straße in Basel gestorben wäre und ein zufälliger Passant, ein deutscher Mediziner aus dem Schwarzwald, hätte nur noch ihren Tod feststellen können? Würde dann sein Totenschein nicht gelten, weil er seine Arztpraxis in Deutschland hätte?"

„Ein jeder rechtmäßig ordinierte Arzt kann einen Todesfall attestieren, auch ein Ausländer, sofern er die deutsche Sprache dabei benutzt," gibt der Beamte zu, um sogleich einzuschränken: „aber bei so einem Todesfall in der Öffentlichkeit würde der Leichnam zur Autopsie in die Pathologie überführt werden. Das ist Schweizer Gesetz."

„Aber die Frau ist doch zu Hause im Bett gestorben, und es liegt eine ordentlicher Totenschein vor." Dieser Einwurf von Javier klang ein wenig ungeduldig. Junge Leute sind zuweilen so.

Der Beamte erhob sich und ging auf die Tür zu: „Entschuldigen Sie mich bitte, ich möchte mich mit meinem Chef beraten, denn einen solchen Fall hatten wir noch nicht." Er öffnete die Tür, drehte sich aber noch einmal um und fragte Alfonso: „Warum wenden Sie sich eigentlich nicht an das Krematorium von Lörrach? Das wäre doch zuständig für Sie."

Alfonso öffnete den Mund und begann zögernd eine Antwort mit einem „Also...", aber Röttling, um eine ungeschickte Antwort zu verhindern, fiel ihm fix ins Wort: „Der Sarg hat kein deutsches Normmaß, ich sagte ja schon, dass er eine Eigenherstellung ist. Sie wissen ja: die Deutschen sind manchmal schrecklich bürokratisch."

Der Beamte nickte schweigend und schloss die Tür hinter sich. In die Männer kam Bewegung:

„Das war – wie sagt man?" stieß Antonio hervor.

„Knapp, das war knapp, sagt man bei uns," flüsterte Röttling, „die dürfen auf keinen Fall erfahren, dass ihr im Lörracher Krematorium rausgeschmissen worden seid."

Die spanischen Erklärungen untereinander konnte Röttling nicht verstehen, aber Javier lächelte ihm mit erhobenen Augenbrauen dankbar zu: „Alfonso war drauf und dran, das zu verraten. Danke, dass Sie es verhindert haben!"

Draußen in der Vorhalle ließ sich spanisches Stimmengewirr vernehmen. Frauenstimmen. Die Ehefrauen, Töchter und Nichten waren wohl des Wartens überdrüssig geworden und wollten nachschauen, wo die Männer abgeblieben waren. Antonio öffnete die Tür um nachzusehen, und auf einmal füllte sich der kleine Raum mit lebhaft schwatzenden, Fragen stellenden, schwarz gewandeten Weibsbildern. Und im gleichen Moment kehrte auch der Krematoriumsbeamte nebst seinem Chef, der keine Uniform trug, sondern korrekt in schwarzem Anzug, Schlips und Kragen gekleidet war, zurück und bahnte sich mit leisem Unwillen den Weg durch all die Weiberleute zum Schreibtisch. Mit einer Handbewegung verschaffte sich der Chef Gehör und sagte:

„Wie ich von meinem Mitarbeiter eben gehört habe, geht es hier wohl um ein Amtsersuchen vom den Kollegen in Lörrach? Obwohl das ein etwas ungewöhnlicher Fall ist, sehe ich kein Hindernis, die Kremierung ausnahmsweise hier vorzunehmen, allerdings unter der Bedingung, dass Sie einer erneuten ärztlichen Leichenschau durch unseren diensthabenden Arzt zustimmen und diese Kosten, sowie auch die Kosten der Kremierung, bar entrichten. Dies vorausgesetzt, könnte die Kremation noch heute vorgenommen werden. Dann blieben Ihnen die zusätzlichen Kosten für die Kühlkammer erspart."

Paco übersetzte diese Nachricht ins Spanische, und es war zu beobachten, wie dabei die Anspannung nach und nach aus den Gesichtern verschwand. Nur Antonio hatte noch eine kurze Frage: „Zahlung in Euro? Oder Schweizer Franken?"

„Wie Sie wollen," war die Antwort. Die Frauen begannen, miteinander zu reden, und mit erhobener Stimme fügte der Krematoriumsleiter hinzu:

„Sie können also Ihrer Bestattungsfirma da draußen sagen, dass der Sarg herein gebracht werden kann."

Offensichtlich hatte der Chef, der ja dem vorausgegangen Gespräch zwischen den Spaniern und seinem Angestellten nicht beigewohnt hatte, die prekären Umstände noch immer nicht völlig durchschaut. Wiederum griff Röttling blitzschnell ein, indem er sich entschlossen zur Tür drängelte und wie einen Kampfruf laut hervorstieß: „Jawohl, das machen wir!" Er öffnete die Tür, so dass die ganze Trauergemeinschaft auf dieser Entschlossenheitswelle mit ihm zusammen hinausströmte.

Nun mussten sie im Hof nur noch schnell den Sarg herunterhieven, wobei die Männer jetzt keine große Rücksicht mehr auf die würdige Ruhehaltung der Toten nehmen konnten. Sie hatten jedoch Glück: Erst als der Sarg bereits auf dem Hofpflaster stand, öffnete sich eine Doppeltür und ein junger Angestellter kam mit einer fahrbaren Bahre heraus. Antonio, Paco und Javier, die wie die anderen Männer in schwarze Anzüge gekleidet und daher nicht von Angestellten eines Beerdigungsinstituts zu unterscheiden waren, hoben den Sarg geschickt an, so dass der uniformierte Krematoriumsdiener die Bahre darunterschieben konnte. Es schien für einen Augenblick so, als wäre es die tägliche Routine dieser drei Männer, Särge auf einen fahrbaren Untersatz zu stellen. Der junge Krematoriumsgehilfe zog daraufhin den Sarg durch die Schwingtür in eine eindrucksvolle Halle, die dekorativ gefliest und mit

Grünpflanzen und Blumengebinden geschmückt war und überdies auch genügend Sitzbänke vorzuweisen hatte für die nachdrängenden Familien Gomez und Rodriguez. Bis zu einer zweiten Schwingtür folgten Paco, Javier und ein weiterer Neffe der Bahre und dem jungen Uniformierten. Dieser arretierte den Türflügel mit einem Kick seines Fußes und sagte in amtlich befehlendem Ton zu den Männern:

„Danke, Sie können jetzt gehen. Der Sarg kommt noch nicht gleich in die Kremation, er muss zuvor noch in die Leichenschau. Das ist hier gleich nebenan, ich schaff das schon allein."

Es war ganz klar: Er hielt Paco und Javier tatsächlich für die Bestatter, die nun ihren Dienst beenden konnten. Nachdem er die Bahre mit dem Sarg in den Nebenraum gezogen hatte, löste er die Türarretierung mit einem energischen Fußtritt. Während er den Handknopf des Glasflügels noch in der Hand hatte, schaute er auf die wartende Schar der Angehörigen und ließ sie in kehligem Baseldeutsch wissen, sie brauchten hier nicht zu warten und könnten vorerst mal nach Hause gehen. Und weil nun alle irritiert auf den Schreinermeister schauten, denn die Spanier hatten inzwischen Angst, etwas Falsches zu sagen, sprang Röttling an den bereits zufallenden Türflügel heran und verschwand hinter der Bahre her im Nachbarraum.

Er blieb lange verschwunden. Manche der Trauernden wurden von Unruhe ergriffen. Sie saßen auf den Bänken und tuschelten miteinander. Die Männer fragten sich gegenseitig, ob sie wohl wagen könnten, ebenfalls die Schwingtür zu stürmen. Schließlich hatte man so nicht gewettet: Nun war Großmutter doch in fremde Hände geraten, was man unbedingt hatte vermeiden wollen. Aber gerade noch rechtzeitig vor dem Ausbruch einer verzweifelten Aktion kehrte Röttling zurück und teilte mit, die Leichenschau sei bereits beendet, der Arzt habe nichts zu beanstanden gehabt. Die Verbrennung sei für 14 Uhr angesetzt worden, die Asche könne aber erst am nächsten Morgen ausgehändigt werden. Röttling schlug vor, dass sich jetzt alle nach Hause begeben könnten, was aber, nachdem es der Familie übersetzt worden war, zu einem auf den Gesichtern deutlich ablesbaren Widerstand führte. Es wurde gefragt, ob denn in der Schweiz die Anwesenheit der Angehörigen während der Einäscherung verboten sei.

„Weiß ich nicht," sagte Röttling, „aber ich kann ja mal schnell nachfragen gehen."

Bei seiner hastigen Kehrwende und dem Versuch, die Schwingtür erneut zu durchschreiten, gab der Schwingflügel nicht nach. Laut krachte Röttlings Schädel gegen das Dekoglas der Tür. Er taumelte zurück und wurde von den nächststehenden Spaniern aufgefangen. Während der Schreiner sich mit beiden Händen den Kopf hielt und der heftige Knall alle Anwesenden in Schockstarre versetzt hatte, drückte Maria Rodriguez, Antonios Tochter, prüfend gegen die beiden Türflügel. Sie ließen sich tatsächlich nicht mehr öffnen, weder vom Schädel eines Schwarzwälder Schreinermeisters noch von den zarten Händen einer jungen Spanierin. Offenbar war die Tür inzwischen von innen verriegelt worden. Der Schreiner setzte sich auf eine der Bänke und versuchte mit dem Sprühregen von Sternen, die er vor sich sah, irgendwie fertig zu werden. Die Regie der Geschehnisse übernahm nun an seiner Stelle einer aus der Sippe Gomez, der auf Spanisch den Befehl erteilte, alle mögen erst einmal ein paar Schritte draußen in der frischen Luft machen, dann könne man gemeinsam neu nachdenken, was zu tun sei. Daraufhin setzte sich der Tross der Trauernden gehorsam in Richtung Ausgang in Bewegung. Zurück blieben der Schreiner, der benommen auf der Bank saß, sowie Alfonso und Antonio, die sorgenvoll auf Röttling hinunterblickten. Aber der erhob sich schon bald wieder, etwas wackelig noch immer, und stotterte: „Geht schon, geht schon!" Sein tapferes Lächeln fiel etwas kläglich aus.

„Warten Sie," sagte Alfonso und stützte ihn, „was machen wir denn nun?"

„Wir gehen hier raus und vorn beim Haupteingang wieder rein," entschied Röttling, der schon wieder mit neuer Energie ausgestattet schien.

Am Ausgang blieb Antonio plötzlich stehen, drehte sich zu den andern beiden um und äußerte Zweifel: „Wenn beim Verbrennen die Familie zugelassen ist, was dann – gehen alle rein? Sind doch so viele. Und was ist mit den Kindern? Pedro ist erst elf."

„Nur die Männer," entschied Alfonso daraufhin energisch, „du, ich, Javier, Paco." Und den Schreiner fragte er: „Wollen Sie auch mit rein, Herr Röttling?"

Ja, der Schreiner wollte auch, obwohl sein Schädel noch immer brummte. Schließlich sah er nicht ein, diese Beule am Kopf und all die Aufregungen für nichts und wieder nichts ertragen zu haben. Die Kenntnis, wie so eine Einäscherung abläuft, erschien ihm das Mindeste an Erfahrungswert zu sein, der für ihn persönlich bei diesem schwarzen Abenteuer herausspringen sollte. Die Sache war also beschlossen und wurde draußen den Wartenden in autoritärer Weise mitgeteilt. Niemand widersprach. Alle Erwachsenen schauten synchron auf ihre Armbanduhren. Bis 14 Uhr waren nur noch zwanzig Minuten zu überwinden, und man beschloss, einen kurzen

Gang auf der breiten Allee zu unternehmen dorthin, wo all die beeindruckenden Mausoleen zu sehen waren mit den weinenden Engeln obendrauf, den goldenen Tabernakeln oder den ernsten Steinkreuzen. Eine milde Frühjahrssonne schien freundlich aus einem Himmel, von dem eine kräftige westliche Brise die Wolken vertrieben hatte. Die Frauen hielten ihre beschleierten Hüte und Tücher mit der Hand fest, damit sie nicht wegwehten. Manche äußerten dennoch den Wunsch, zusammen mit den Kindern und den Onkels aus der Rodriguez-Familie noch ein wenig frische Luft zu schnappen. Der Schreinermeister und die vier auserwählten Spanier kehrten um und gingen zum Haupteingang. Dort bekamen sie von einem Uniformierten die Auskunft, dass Angehörige auf Wunsch in den Verbrennungsräumen durchaus zugelassen seien, und wiederum ein anderer Uniformierter wurde angewiesen, die Trauergäste dahin zu geleiten. Vielleicht war der Schreiner nicht der einzige, der sich jetzt ein wenig grauste vor dem, was sie nun vermutlich zu sehen bekommen würden. Vielleicht einen finsteren Keller? Und fürchterlich rauchende oder übel riechende Öfen mit verrußten Eisenklappen und langen Schürhaken?

Nichts dergleichen! Sie wurden in einen hellen Raum geführt, der rundherum attraktiv dunkelblau, grün und gelb gefliest war. Der Boden war blank, kein Stäubchen schmälerte den hygienischen Glanz.

Die Beleuchtungskörper waren in die Decke eingelassen und spendeten ein angenehmes Licht. Der Raum war gut gelüftet. Allerdings standen keine Sitzgelegenheiten zur Verfügung. Die vordere Wand war ausgefüllt von mehreren rechteckigen Flächenpaaren, die metallen glänzten. Sehr diskret, falls dies die Öfen sein sollten. Man stand schweigend herum, und Javier schaute verstohlen auf seine Armbanduhr. Es war bereits fünf nach zwei. Und da tat sich auch schon eine Seitentür auf, wieder eine Schwingtür, die per Fußdruck festgestellt wurde ähnlich wie die, mit welcher Röttlings Schädel eine so unliebsame Begegnung gehabt hatte. Der Sarg mit der ägyptischen Anmutung wurde von zwei Uniformierten auf der Bahre hereingerollt und etwa zwei Meter vor einem der schwarzen Rechtecke aufgestellt. Staunend sahen die Männer, wie auf Knopfdruck unter der linken Metallfläche eine Art eiserne Tischplatte ausfuhr, die genau die Höhe der Bahre hatte, so dass es für die zwei Uniformierten leicht war, den Sarg da hinüber zu schieben. Sie zogen die leere Bahre weg, betrachteten den Sarg, gingen um die Platte herum, schüttelten die Köpfe und sprachen leise miteinander. Sie rückten den Sarg auf der Eisenplatte ein wenig nach links, dann wieder nach rechts, bückten sich und befühlten das Ganze von unten. Einer verschwand durch die Tür, der andere wartete schweigend. Der Mann kam mit einem weiteren Uniformierten zurück. Wieder gingen sie prüfend um den Sarg herum und redeten miteinander, diesmal sogar durchaus vernehmlich. Verstehen konnte das aber nur der Schreinermeister, denn sie sprachen reinstes Baseldeutsch. Röttling begab sich zu ihnen, denn er hatte das Problem erkannt: Die klassischen Maße des Sarkophags waren auch für diesen Ofen im Bereich von Brust und Ellenbogen etwa drei Zentimeter zu breit. Die Angestellten erklärten, man könne dies daran erkennen, dass der Sarg die ausgefahrene Ofenplatte um diese Fingerbreiten überrage. Daran sei auch durch Hin- und Herrücken nichts zu ändern. Der Sarg gehe einfach nicht in die Brennkammer hinein. Ein Moment der Stille folgte diesen Erklärungen, den die Spanier nutzten, um näherzutreten und fragend auf die Szenerie zu schauen.

Da sagte der Schreiner: „Geben sie mir eine Minute, ich weiß, was man da machen kann!"

Sprach´s, wendete sich entschlossen um und verließ im Eilschritt den Raum durch die Tür, durch welche sie bei ihrem Eintritt geführt worden waren und die glücklicherweise keine Schwingtür war, sondern eine ganz normale Klinke hatte. Während der Minuten seiner rätselhaften Abwesenheit wurden nun auch die Spanier mit Worten, die fast dem Hochdeutschen entsprachen, über das Problem aufgeklärt. Sodann erduldeten sie in ratlosem Schweigen die aufgeregten Dispute der Uniformierten – alle wiederum in deren vertrautem Dialekt, so dass die

Spanier sich verzweifelt fragten, was denn nun in Gottes Namen mit der Großmutter geschehen würde. Zumal der Klang des Schwyzerdütsch irgendwie beunruhigend und vorwurfsvoll zu klingen schien. Eine verfahrene Angelegenheit! Auf Spanisch sagte Antonio mit gequälter Stimme zu Alfonso: „Die werden doch hoffentlich nicht auf die Idee kommen, Zaida aus dem Sarg zu nehmen und einfach so ins Feuer zu schieben?"

Zu weiteren Vermutungen kam es nicht mehr, denn der Schreiner stieß die Tür auf und stürzte im Laufschritt herbei, eine Kabelrolle in der Linken, einen Werkzeugkoffer in der Rechten. Wo denn hier eine Steckdose sei? Was er vorhabe, war die konsternierte Gegenfrage. Das sei ja doch wohl klar, sagte Röttling und entnahm dem Kasten etwas, das wie ein Bohrmaschine aussah, sowie ein feines, langes Sägeblatt, das er an dem Elektrogerät befestigte. Er klopfte auf eine der überstehenden Ecken des bildschönen Sarges: „Das Holz hat hier an der Ecke eine Stärke von 35 Millimeter, ich kann also ohne weiteres auf beiden Seiten jeweils zwei Zentimeter abnehmen, und dann hat die Kiste beidseitig 15 mm weniger Breite als die Eisenplatte und passt perfekt in den Ofen."

Die Uniformierten lachten erleichtert, was natürlich gegenüber den verkniffen dreinschauenden Spaniern ziemlich gedankenlos, wenn nicht gar rücksichtslos war. Schreiner Röttling hatte wegen der erneuten Schwierigkeiten inzwischen jedes Pietätsgefühl eingebüßt. Sein Bedürfnis nach Gediegenheit eines Werkstückes schien ihn auch verlassen zu haben. Ihn beherrschte nur noch der Gedanke, dass die Kiste, stilistisch wertvoll oder nicht, ja doch jetzt den Flammen zum Fraß vorgeworfen werden würde, und das sollte nun, verdammt nochmal, auch endlich vonstatten gehen können. Als für das lange Kabel eine Steckdose gefunden war, schnitt die surrende Säge die besagten Ecken wie zwei Stücke Emmentaler Käse ab. Die Uniformierten deuteten besorgt auf die Sägespäne, die nun den glänzend gepflegten Fliesenboden verunzierten. Einer enteilte, vermutlich um Reinigungswerkzeug zu holen.

Aber auch diese Auswüchse der ohnehin bekannten Schweizer Ordnungsliebe waren dem Schreinermeister in diesem Augenblick völlig egal. Er betastete zufrieden die minimierten Stellen am Sarg und prüfte, ob das korrigierte Außenmaß nun auch wirklich stimmte. Es stimmte! An die verletzte Ästhetik der künstlerischen Form dachte er in diesem Augenblick nicht. Jetzt war Pragmatismus gefragt. Er sammelte gleichmütig, ja sogar zufrieden, sein Werkzeug zusammen, rollte das Kabel auf und trat zurück zu den anderen Männern, die mit verschlossenen Gesichtern abwarteten, was nun geschehen würde.

Eigenartig still standen sie da, und es geschah gar nichts.

Keiner sprach.

Erst als der Angestellte, mit Wassereimer und Feudel bewaffnet, wieder erschienen war, die Sägespäne sorgsam aufgeputzt und er sich mitsamt dem Putzgerät wieder entfernt hatte, kam Bewegung in die beiden anderen Uniformierten. Sie öffneten ein Kästchen an der Wand und betätigten vermutlich einige Knöpfe, genau konnte das niemand so schnell sehen, jedenfalls teilte sich das glänzende schwarze Rechteck in zwei senkrechte Hälften, die wie Schiebetüren in der Kachelwand verschwanden. Was dann geschah, war überraschend und ging so schnell, dass die Spanier sich erschrocken bekreuzigten: Hinter den zur Seite geglittenen Schiebetüren wurde eine Eisenklappe sichtbar, und als die sich wie von Zauberhand öffnete, blickte man in die Tiefe eines schamottierten Höllenschlundes, in dem ein Flammenmeer flackerte. Dort hinein wurde der Sarg von der Eisenplatte eingezogen, ein wenig zu flott, um feierlich wirken zu können. Die schwere Verschlussklappe schloss sich sofort und entzog die gewaltig auflodernden Flammen den Blicken der Männer. Nachdem die metallenen Schiebetüren zurückgeglitten waren, war auch das Fauchen des Feuers unhörbar geworden.

Einer der Uniformierten machte auf eine seitlich angebrachte kleine Vorrichtung aufmerksam, die, wie er erklärte, einen Blick in das Innere der Brennkammer während des Einäscherungsvorgangs ermöglichte. Offenbar hatte jedoch keiner den Wunsch, in das Inferno gucken, in dem die sterblichen Reste der Großmutter nun zu Asche zerfielen. Stattdessen verharrten sie noch immer bewegungslos im Hintergrund des Raumes und versuchten, die Eindrücke der letzten Minuten zu verarbeiten. Schreiner Röttling, dem wohl die Schranktür eingefallen war, die er im Stadtteil Riehen heute noch zu montieren gedachte, streckte Alfonso seine Hand zum Abschied hin. Das brachte alle in Bewegung. Es schien so, als wollte keiner noch weitere Zeit an diesem glänzend staubfreien Ort verbringen. Man bedankte sich bei Röttling und den uniformierten Männern und schickte sich zum Gehen an. Nur Antonio dachte noch an die finanzielle Verpflichtung der Familie und ließ sich erklären, wie und wo er der Erledigung dieses Punktes nachkommen könne. Überrascht nahm er zur Kenntnis, dass ja auch noch die Auswahl eines Aschengefäßes zu regeln sei.

„Das können die Frauen aussuchen," meinte Antonio kurz auf Spanisch, während die Männer – in sich gekehrt und stumm – den Korridor entlang zum Ausgang schritten. Als sie ins Freie traten, konnten sie gerade noch Röttlings Werkstattwagen durch das Tor auf die Straße hinausrollen sehen. Aus dem Schlot hoch über ihnen quoll dicker hellgelber Rauch.

Der inzwischen heftig aufgefrischte Wind verwirbelte eine dünne Fahne davon nach unten. Die Männer wichen dem Rauch auf die andere Seite des Hofes aus - in deutlich abgewandter und vermeidender Körperhaltung.

Geradezu abwehrend war die Geste!

Dabei war dieser Rauch doch der letzte substanzielle Gruß der alten Zaida Gomez, die alle so lieb gehabt hatten.